« PAVILLONS »

Collection dirigée

par Maggie Doyle et Jean-Claude Zylberstein

DU MÊME AUTEUR

La Fenêtre panoramique, Robert Laffont, 1962 ;
collection « Pavillons Poche », 2005

Onze histoires de solitude, Robert Laffont, 1963 ;
collection « Pavillons Poche », 2009

Easter Parade, Robert Laffont, 2010

RICHARD YATES

UN ÉTÉ À COLD SPRING

traduit de l'anglais (États-Unis)
par Aline Azoulay-Pacvoň

ROBERT LAFFONT

Titre original : COLD SPRING HARBOR

ISBN 978-2-221-11432-2
(édition originale : ISBN 978-0-099-51853-2, Vintage/Random House, Londres)

À Kurt Vonnegut

1.

Toutes les peines de la triste adolescence d'Evan Shepard furent oubliées lorsque, à dix-sept ans, en 1935, il tomba fou amoureux des automobiles. Son acharnement à brutaliser plus faible que lui, sa grossièreté envers les filles, ses incursions aussi grotesques qu'embarrassantes dans la délinquance – tout cela n'était plus guère que de mauvais souvenirs. Sa passion était née alors qu'il parcourait Long Island à toute vitesse, et il n'avait pas tardé à connaître intimement chaque pièce de mécanique de chaque voiture qui passait entre ses mains. Evan pouvait consacrer plusieurs journées d'affilée à les démonter et les remonter dans l'allée de la maison familiale, devenu inaccessible aux autres.

Son père, Charles Shepard, aimait à se poster devant la fenêtre pour le regarder travailler, là-dehors, seul sous le soleil. Personne n'aurait pu se douter, un an plus tôt, que ce garçon étrange parviendrait un jour à organiser ses pensées et à se concentrer assez pour accomplir une tâche utile ; n'était-ce pas le signe de la maturité naissante ? N'était-ce pas ce qui permettait à un homme de s'affirmer et de donner un sens à sa vie ?

Sans doute, et Charles Shepard avait une longue et pénible expérience de ce besoin ardent de s'affirmer et de donner un sens à sa vie. Officier en retraite, il s'était toujours appliqué à réprimer les penchants poétiques de sa pensée, et il lui semblait souvent que l'armistice de 1918 l'avait dépossédé de toute sa ferveur.

Jeune second lieutenant d'infanterie fougueux, marié depuis peu à la plus jolie fille du club de danse des officiers, et relativement sûr qu'elle prierait pour lui, il était arrivé en France trois jours après la fin de la guerre – et sa déception fut si vive que plusieurs officiers exaspérés finirent par lui demander de cesser ses enfantillages.

« Je ne *peux* pas, insistait-il. Je ne *peux* pas. » Il savait déjà qu'il n'y aurait pas moyen d'échapper à la vérité, et il commençait même à soupçonner que cette déconfiture nauséeuse le hanterait jusqu'à la fin de sa vie.

« Je sais que je ne cesserai jamais de t'aimer, écrivit-il du Havre à son épouse, mais j'ai l'impression d'avoir perdu toutes mes autres certitudes. J'en viens à penser que très très peu de choses au monde méritent qu'on leur fasse absolument confiance. »

De retour aux États-Unis, au milieu des cris et des sifflets d'allégresse d'hommes trop heureux de quitter l'armée, Charles avait pris une décision aussi subite qu'impopulaire : il s'était engagé.

Il savait que ses motifs étaient obscurs ; il avait passé ces dernières années à se les énumérer mentalement, encore et encore, comme les trois points forts d'un petit catéchisme chancelant : l'armée pouvait presque passer pour une vocation, elle lui fournirait la sécurité dont un homme marié avait besoin, et puis, il était toujours possible qu'une nouvelle guerre éclate.

Il servit comme premier lieutenant assez longtemps pour s'inquiéter d'être devenu le premier lieutenant le plus vieux de mémoire d'homme, et, à son grand désespoir, durant toutes ces années, fut presque exclusivement cantonné à des tâches de bureau.

Fort Devens, Fort Dix, Fort Benning, Fort Meade ; chaque base militaire avait beau faire de louables efforts pour se distinguer des autres, elles se ressemblaient toutes. Banales à crever et fondées sur le principe d'obéissance. Même au sein de la jalouse intimité du quartier des Officiers mariés, même en pleine nuit, vous ne pourriez oublier où vous vous trouviez ni pourquoi – non plus que votre épouse. Quand vous meniez une existence encadrée par le règlement d'une base militaire en temps de paix, et que vous étiez marié à une femme aussi vivante et brillante que Grace Shepard, vous ne pouviez être surpris – effrayé, certes, mais pas surpris – que ses nerfs finissent par lâcher et qu'elle s'effondre.

Dès sa première hospitalisation, Charles comprit qu'il ferait bien de trouver un moyen de quitter l'armée au plus vite, puis, un autre problème survint et il apparut qu'il la quitterait bientôt de toute façon : sa vue commençait à baisser et à se dégrader rapidement. L'ironie du sort voulut qu'on lui confiât sa première mission intéressante cette même année. Il fut enfin nommé capitaine et placé à la tête d'une compagnie.

Dieu qu'il aimait ces deux cents hommes – les désaxés et les durs à cuire inclus. Au bout de quelques semaines, il se sentait déjà fier d'eux et s'enorgueillissait d'avoir gagné leur respect. Il savourait les moments du quotidien durant lesquels tout le portait à croire qu'il était là pour prendre soin d'eux, pour veiller sur eux, et qu'ils le savaient ; il ne se lassait jamais de les entendre dire « le capitaine » ou « le commandant de la compagnie ».

Il aimait la cadence de leurs pas, la sueur et la douleur rentrée de leurs longues marches en tenue de combat ; même s'il n'était jamais tout à fait certain de tenir la distance. Parfois, quand ils étaient en formation, raides comme des statues, leurs visages inexpressifs, et qu'il inspectait leurs fusils Springfield ouverts, les yeux plissés, il se voyait mener ses hommes sur le champ de bataille. Presque tous s'y distinguaient, en accomplissant bien plus que leur simple devoir ; et, à la fin de la guerre, les morts se relevaient juste à temps pour avoir leur part d'alcool, de rires et de jolies filles.

Si Grace s'était bien remise de sa crise de nerfs, il aurait sans doute tenté de tricher lors de ses tests de vue, pour rester avec sa compagnie le plus longtemps possible ; mais le sort en décida autrement. Elle fit une seconde dépression et il comprit que le temps de l'hésitation était passé. Il démissionna de son poste avant même qu'elle ne quitte l'hôpital.

Les jours qui suivirent, pendant qu'ils triaient et emballaient leurs affaires, Charles se plut à les imaginer en route pour une région où ni elle ni lui n'avaient encore mis les pieds – la Californie, mettons, ou le Canada. De trouver le courage de commencer une nouvelle vie serait comme une seconde jeunesse. Cependant, la famille Shepard était ancrée à Long Island depuis toujours, habituée aux plaines verdoyantes, aux plantations de pommes de terre, au goût légèrement salé du vent ; aussi leur parut-il plus raisonnable de retourner chez eux. Grâce à sa petite pension de retraite, somme toute convenable, il put acheter une maison en bois brun, somme toute convenable, sur la côte nord, à la lisière du village de Cold Spring.

Il ne mit pas très longtemps à se tailler la réputation d'un homme digne et courtois, s'occupant des courses, de la lessive et du ménage à la place de son épouse, que l'on disait invalide. Une rumeur timide et sans fondement prétendait que c'était un héros de guerre, ou qu'il s'était, d'une manière ou d'une autre, illustré au combat ; les gens du coin auraient été surpris d'apprendre qu'il n'était que capitaine, tant son maintien et sa prestance s'accordaient à ceux d'un colonel : on n'avait aucun mal à se le représenter, la mine sévère, passant en revue un bataillon, voire un régiment, au garde-à-vous. L'attitude pouvait paraître un peu comique lorsqu'on le surprenait dans la rue en train de se débattre avec ses sacs de provisions ou de linge, ses cheveux gris ébouriffés et ses épaisses lunettes perchées au bout de son nez ; mais personne, pas même à la taverne, ne riait jamais à ses dépens.

— Je suis de retour, chérie, lança-t-il à Grace, un après-midi, tandis qu'il déposait son lourd fardeau d'épicerie sur la table de la cuisine.

Il continua de lui parler, élevant un peu la voix, tout en rangeant chaque chose à sa place.

— Cela fait bien une dizaine d'heures d'affilée qu'Evan travaille sur ce moteur, dehors. Je me demande où il trouve toute son énergie. Et son enthousiasme, aussi.

Quand il eut terminé de ranger les provisions, il sortit des glaçons et leur prépara deux verres de bourbon à l'eau, dont un double. Il traversa le salon, les porta jusqu'à la véranda bien ombragée où Grace l'attendait, étendue sur une chaise longue, et déposa le double bourbon entre ses deux mains tendues.

— Ne trouves-tu pas remarquable qu'un garçon puisse changer à ce point ? En l'espace de quelques mois ? questionna-t-il, s'installant avec son propre verre sur une chaise droite, à côté d'elle.

La journée avait été dure, mais il allait pouvoir se reposer une petite demi-heure avant de mettre le dîner en route.

Parfois, quand la lumière et l'alcool jouaient en sa faveur, Grace était toujours la plus jolie fille du club de danse des officiers. Charles avait appris à guetter ces moments avec la patience d'un amant, et à les chérir chaque fois qu'ils se présentaient – de plus en plus rarement. La plupart du temps, comme cet après-midi, il préférait éviter de la regarder ; il savait qu'il la trouverait abîmée, lourde, insatisfaite, l'air de souffrir en silence d'une perte – la perte d'elle-même.

Un aimable vieux médecin de Fort Meade avait employé le mot « neurasthénie », un jour, pour qualifier son état. Après avoir consulté le dictionnaire, Charles avait décidé que c'était une chose avec laquelle il pourrait vivre. Plus tard, à New York, un médecin civil beaucoup plus jeune avait jugé le terme dépassé et trop imprécis pour présenter le moindre intérêt pour la médecine moderne. À la manière d'un commis voyageur plein d'assurance, le jeune homme avait plaidé en faveur d'un « traitement psychothérapeutique ».

— Si vous voulez chipoter sur les mots, docteur, lui répondit Charles, contenant tant bien que mal sa colère, autant vous dire que tous ces termes qui commencent par « psy » ne m'inspirent aucune confiance. Je doute que vous et vos semblables sachiez vraiment à quoi vous jouez avec vos méthodes louches, et je doute que vous le découvriez un jour.

Des paroles qu'il ne regretta jamais ; pas plus qu'il ne regretta d'être sorti du cabinet médical une minute plus tard, même si son départ fournit au médecin l'occasion de rester prostré dans son fauteuil, l'air aussi renfrogné et fat, aussi mal intentionné et triomphant que Sigmund Freud en personne. Certains actes valaient la peine d'être regrettés, d'autres pas.

Il n'y avait pas si longtemps, quand son fils s'était attiré ses ennuis les plus graves, Charles s'était révélé incapable d'endiguer un nouveau flot insidieux de jargon psychiatrique qui, cette fois, avait envahi sa propre maison ; alors, diverses personnes lui avaient recommandé de « consulter un spécialiste » à son sujet, et le plus étrange était qu'il se souvenait d'avoir été tenté de se laisser persuader, ne serait-ce que pour éliminer les autres possibilités bien plus perturbantes – le sursis avec mise à l'épreuve, le tribunal pour enfants, sans parler de la maison de redressement. À cette période, il s'attendait toujours à entendre la voix furieuse d'un inconnu crier dans le téléphone, ou à découvrir deux policiers devant sa porte.

Oui, c'était remarquable de voir un garçon changer à ce point. Peut-être ces choses-là s'arrangeaient-elles toutes seules avec le temps ; peut-être, au-delà de la souffrance, n'y avait-il rien d'autre à faire qu'attendre ce qui allait suivre.

De la véranda, appuyé sur la seule fenêtre dont le store n'avait pas été abaissé, même un homme avec une vue déclinante pouvait distinguer la silhouette d'Evan Shepard, qui terminait sa journée de travail dans l'allée du garage : il rangeait ses outils, étirait ses muscles fatigués, s'essuyait les mains avec un torchon propre.

— Et, sais-tu ce qui me surprend le plus, chérie ? reprit Charles. À propos d'Evan ? C'est qu'on *voit* qu'il va mieux. Je veux parler de son visage. Il est en train de se transformer en un jeune homme étonnamment séduisant.

— Oui, j'ai vu ça, répondit Grace Shepard.

Ses premières paroles de la journée. Son premier sourire, aussi.

— Oh, oui, j'ai vu ça. C'est évident.

Et tous deux devinaient qu'ils n'étaient pas les seuls à s'en être aperçus.

2.

Les filles, même celles que la simple vue d'Evan Shepard révulsait encore l'année précédente, commençaient à convenir qu'il était devenu séduisant ; et l'une d'elles au moins pensait qu'il l'avait toujours été, qu'elle l'ait ou non avoué à ses amies.

Mary Donovan, une adolescente élancée à l'épaisse chevelure auburn et au joli visage qualifié de « provocant » par les autres filles, avait un faible pour Evan Shepard depuis la classe de cinquième. Elle s'était sentie affreusement mal chaque fois qu'elle avait eu vent de ses ennuis – comme la fois où il avait ouvert la tête d'un garçon avec une brique, celle où la police l'avait arrêté pour acte de délinquance et obligé à passer la nuit au poste « pour lui apprendre », ou quand il était entré par effraction dans une quincaillerie et s'était fait prendre la main dans la caisse –, et c'était sans doute la seule personne de Cold Spring, en dehors des Shepard, à se féliciter des profonds changements qui semblaient soudain s'être opérés en lui.

Mary, qui s'était toujours vue avec un petit ami athlète – et pourquoi pas ? –, regrettait un peu qu'Evan ne soit pas sportif, même s'il paraissait assez fort et agile pour être pris dans n'importe quelle équipe. Néanmoins, elle n'avait pas tardé à trouver chez lui de charmantes petites choses à observer – et à admirer – lorsqu'il était au volant de sa voiture. La manière dont il mettait les gaz dans un jaillissement de gravier, s'arrêtait pile au bord de l'autoroute, exposant son profil aux regards le temps de trouver un espace pour s'insérer dans la circulation, ses cheveux bruns ondulés un brin ébouriffés par le vent ; et ce geste fluide, d'une assurance étonnante, avec lequel il s'engageait dans le trafic puis filait, faisant gronder son moteur qu'elle entendait jusqu'à ce que la voiture eût disparu au loin, et même un peu après. Ce garçon était né pour conduire et, dans le cœur d'au moins une fille, le spectacle qu'il offrait au volant de sa voiture valait bien celui d'un match de sport.

En le regardant disparaître, seule sur le trottoir, serrant ses livres contre sa poitrine pour imiter les autres filles, elle avait l'impression que rien ne serait jamais plus comme avant.

Certains soirs, incapable de s'endormir dans sa jolie chambre parfumée, Mary Donovan devait s'aider de son imagination pour trouver le sommeil. Elle se disait que ses mains étaient celles d'Evan Shepard et leur permettait d'explorer et de caresser diverses parties de son corps, à leur rythme, à leur gré, jusqu'à ce que la douce tension devienne intenable ; suivaient alors le spasme et le petit cri éperdu qui, souvent, précédaient l'endormissement. Le lendemain matin, quand elle apercevait Evan, elle rougissait, aussi mortifiée que s'il avait percé son secret et s'apprêtait à le révéler à la terre entière.

Un après-midi d'automne (ils étaient alors en classe de terminale), dans le brouhaha du grand couloir du lycée, Evan trouva le courage d'inviter Mary à aller au cinéma, et elle accepta.

Après la séance, ils s'étreignirent et s'embrassèrent langoureusement, comme de jeunes vedettes de cinéma, dans l'intimité de la voiture éclairée par la lune, jusqu'à ce que Mary s'écarte de lui avec une petite moue prometteuse. Elle se tortilla et s'extirpa de son haut qui retomba autour de sa taille, puis elle dégrafa son soutien-gorge et, quand elle l'eut ôté, lui coula un regard hésitant, comme pour s'assurer qu'elle avait bien fait.

— Oh, souffla-t-il d'une voix teintée de respect. Tu es belle, Mary. Tu es vraiment belle.

L'un de ses merveilleux seins au creux de la main, et l'autre – c'était à peine croyable – dans sa bouche, il savait, à force d'avoir entendu les autres garçons en parler, qu'il était supposé glisser sa main libre dans sa culotte, à présent. Mais il avait à peine esquissé le geste qu'elle le surprit une fois de plus. Elle gigota pour changer de position et écarta timidement les genoux pour lui faciliter la tâche.

— Evan. Oh, Evan, dit-elle.

Très vite, se chuchotant leur accord mutuel, ils s'étreignirent une fois encore, avant un bref instant de frustration, juste le temps de glisser avec volupté vers la banquette arrière.

L'amour n'était peut-être pas tout dans la vie, mais ni l'un ni l'autre n'eurent le temps d'envisager cette éventualité avant le mariage. Et il aurait sans doute été repoussé à plus tard, pour leur laisser le temps de grandir un peu, si Mary ne s'était retrouvée enceinte dans les tout premiers mois de leur histoire d'amour. Il fallut alors prévenir leurs parents, et prendre une décision au plus vite. On leur organisa un mariage modeste, on leur loua un petit deux pièces à Huntington, une ville commerçante voisine, et un ami du père de

Mary offrit un emploi à Evan, dans une usine de machines-outils, à une trentaine de kilomètres de là. Il était surqualifié et touchait un salaire d'apprenti, mais il y avait toutes les raisons d'espérer que le talent de mécanicien d'Evan serait bientôt reconnu, et c'était mieux que de ne pas avoir de travail du tout.

Ils eurent une petite fille qu'ils prénomèrent Kathleen, en souvenir de la grand-mère de Mary. On prit un nombre convenable de photos de famille sur lesquelles Evan et Mary arboraient des sourires d'une intensité très théâtrale, à l'exception d'un cliché, dont on ne tarda pas à se débarrasser, où ils apparaissaient effrayés et désespérés, comme s'ils eussent préféré être n'importe où ailleurs et faire n'importe quoi d'autre que de poser devant ce photographe.

Les adultes de leurs familles respectives étaient déjà retournés aux tracas de leur quotidien ; et pourtant, même si personne n'avait osé le suggérer à voix haute, ils devaient bien se douter que les mariages entre adolescents n'étaient pas faits pour durer.

Evan prit l'habitude de rouler sans but, le soir, et de ruminer dans le noir, le visage grave. C'était vraiment bien de vivre avec une jolie fille folle de vous, aucun doute là-dessus. Mais cela donnait aussi à réfléchir. Était-ce là tout ce qu'on pouvait attendre de la vie ? Il frappait le volant, encore et encore, n'arrivant pas à croire que son chemin était si bien tracé et qu'il n'y aurait pas moyen de le faire dévier alors qu'il n'avait pas encore dix-neuf ans.

Mary n'était guère plus heureuse que lui. Le lycée, c'était bien pour apprendre à connaître les garçons, l'amour et tout le reste, mais elle s'était attendue à aller à l'université, ensuite, pour quatre ans au moins ; après quoi, elle serait partie vivre à New York, aurait trouvé un boulot, se serait acheté de beaux vêtements, serait sortie un peu, aurait rencontré... des gens intéressants. Non ? Pourquoi personne ne l'avait prévenue, alors ?

Oh, si seulement Evan ne l'aimait pas autant, si elle n'était pas si certaine qu'il serait totalement perdu sans elle, et si cette certitude n'était pas si lourde à porter, elle savait ce qu'elle ferait maintenant : elle réfléchirait au moyen de se sortir de cette impasse.

Parfois, lorsqu'elle plongeait son regard dans les adorables yeux ronds de sa fille – quand elle la tirait de son petit lit ou du bain –, Mary s'efforçait de prendre une expression tendre, de crainte que même un nourrisson ne soit capable de lire le ressentiment sur son visage.

Quand des querelles éclataient, elles étaient longues, amères et tournaient en rond.

— Est-ce que tu accepteras un jour que je suis un être à part entière, Evan ?

— Qu'est-ce que tu entends par « un être à part entière » ?

— Oh, tu le sais bien. Et si tu ne sais pas, ce n'est même pas la peine d'essayer de t'expliquer.

— Bon, d'accord, mais qu'est-ce que tu entends par « est-ce que tu accepteras » ? En ce qui me concerne, tu peux être qui tu veux, quand tu veux.

— Bon sang, oublie ça. Tu comprendrais très bien ce que j'essaie de te dire si tu arrivais à m'imaginer ailleurs que devant cette cuisinière, ou devant cet évier, ou dans ce lit.

— Oh, je vois : on va encore passer la moitié de la soirée à parler jusqu'à en avoir les lèvres gercées, et on s'enverra même pas en l'air après ? Dans ce cas, ce sera sans moi. Je suis fatigué. Tu n'imagines pas à quel point.

— Fatigué. *Toi ?* Tu sais quoi, monsieur l'apprenti ouvrier d'usine, je pourrais hurler tellement je suis fatiguée.

— Mais qu'est-ce que tu espères de plus, Mary ? Tu veux sortir et rencontrer d'autres gars ? C'est ça ? Tu veux écarter les cuisses pour d'autres mecs ? Parce que si c'est ce que tu veux, ma belle, autant te prévenir : je suis peut-être bête, mais pas à ce point.

— Oh, Evan. Tu n'as pas idée de ta bêtise.

— Ah ouais ? Ah ouais ?

— Ouais.

Quand ils finirent par se séparer, au bout d'un an et demi de mariage, ils ne se disputaient même plus. Conscients de leur besoin urgent de fuir cet appartement d'Huntington et de se fuir l'un l'autre, ils semblaient avoir compris que continuer à se disputer plus longtemps finirait par devenir aussi embarrassant que se laisser aller à perdre son sang-froid dans un lieu public.

Mary entra à l'université de Long Island, après s'être arrangée avec ses parents pour qu'ils s'occupent du bébé. Six mois plus tard, il apprenait ses fiançailles avec un étudiant en médecine dentaire de Hempstead.

Evan rentra chez ses parents et continua de travailler à l'usine de machines-outils. Il n'avait pas de meilleure idée, et personne dans son entourage ne lui en fournit d'autre – même si son père lui dispensa des conseils pour tenter de l'encourager d'une manière générale.

— C'est une période difficile qu'il va te falloir traverser, Evan, lui dit-il un soir qu'ils s'étaient attardés à la table du dîner et que Grace était montée se coucher. Mais tu verras, parfois les choses s'arrangent d'elles-mêmes. Il est fort possible que le mieux que tu puisses faire maintenant, en dehors d'essayer de garder le moral, c'est d'attendre ce qui va suivre.

3.

Une clinique d'optométrie de renom ouvrit en 1941 dans le sud de Manhattan ; elle proposait les personnes souffrant d'une vision très faible des lunettes dont on disait qu'elles amélioraient leur quotidien de manière remarquable.

Charles Shepard prit rendez-vous dès qu'il entendit parler de l'endroit, en avril. Plutôt que de se rendre à New York en train, il demanda à son fils de l'y conduire en voiture.

— Je vais perdre une journée de salaire, lui répondit Evan.

Préparé à cette objection, Charles avait songé à sa réponse, qu'il délivra avec un calme étudié.

— Cela n'a aucune importance, et tu le sais bien.

L'espace d'un instant fugitif, Evan parut troublé, puis il sembla comprendre – ou au moins penser que le vieil homme avait quelque chose en tête et que ce voyage vaudrait peut-être le détour.

Il avait vingt-trois ans, à présent ; il travaillait toujours à l'usine, vivait toujours chez ses parents, et son père le soupçonnait depuis longtemps de se laisser porter : un peu d'ambition aurait pu changer la donne, mais Evan ne semblait pas en posséder une once. Si, adolescent, il avait failli sombrer dans la délinquance, adulte, il avait sombré dans une profonde lassitude. Sa beauté devenait de plus en plus saisissante – au point que les filles semblaient foudroyées d'hébétude sur son passage –, et c'était le plus étrange, dans tout cela : il paraissait injuste qu'un être au physique si remarquable ait la tête si vide.

Charles regrettait souvent qu'ils n'aient pas ces conversations tranquilles et sérieuses qu'entretenaient les autres pères avec leur fils ; il n'y avait jamais assez de temps pour cela chez eux : sitôt qu'Evan avait débarrassé son couvert, il sautait dans sa voiture et disparaissait – souvent pour une bonne partie de la nuit. Charles ignorait où il allait et ce qu'il faisait, et il lui arrivait de l'envier, l'imaginant vivre des amours légères à travers tout Long Island et New York ; malheureusement, juste après, il soupçonnait les virées d'Evan de n'avoir d'autre objet que de perdre son temps, nuit après nuit, dans quelque bar routier, en compagnie d'employés d'usine imbibés d'alcool aussi indolents que lui. Et n'était-ce pas inévitable ? À force de vivre en prolétaire parmi des prolétaires, n'était-il pas voué à devenir lui-même un prolétaire ?

C'était pour cette raison que ce rendez-vous à la clinique d'optométrie revêtait une si grande importance pour Charles. Il fallait compter une heure ou deux pour atteindre le sud de Manhattan en voiture, et autant pour rentrer : il avait toutes les raisons d'espérer pouvoir mettre ce temps à profit pour avoir une conversation sérieuse et salutaire avec lui.

Ils prirent la route à midi, par une journée d'une douceur printanière, et ils n'avaient parcouru que quelques kilomètres quand Charles réussit à entamer la conversation.

— La mémoire est une drôle de chose, commença-t-il, craignant aussitôt d'avoir choisi une piètre entrée en matière – aussi peu subtile qu'une première phrase de publicité radiophonique. Il poursuivit néanmoins : J'imagine que tu n'as aucun souvenir de Fort Benning, n'est-ce pas ?

— J'en ai un peu, si, répondit Evan. Je me souviens de quelques trucs.

— Tu étais petit, à l'époque, mais je pense souvent à Fort Benning, ces temps derniers. Ta mère et moi avions des...

Il parlait lentement, attentif à l'effet que produisait chaque mot et s'appliquant à les prononcer de la manière la plus naturelle possible, tel un acteur, pour dissimuler le fait qu'il avait préparé son discours la veille au soir : il l'avait répété au lit, à voix basse, de même que les pauses durant lesquelles Evan pourrait glisser un commentaire.

— Ta mère et moi avions des amis formidables, alors ; Joe et Nancy Raymond. Tu te souviens d'eux ? Ils avaient une fille de ton âge et un garçon plus jeune.

— Ouais, je me souviens. Je veux dire, je m'en souviens, maintenant.

— Nous passions un temps fou ensemble, chez nous, chez eux, au club, on ne se lassait jamais les uns des autres. Et puis, un soir, Joe nous a annoncé qu'il avait décidé de quitter l'armée. Il voulait essayer de gagner de l'argent, pour voir ce que ça faisait. Il s'était renseigné sur le commerce des postes de radio – c'était tout nouveau à l'époque, tu sais, les gens pensaient que c'était un secteur à l'avenir très prometteur. Il comptait commencer par devenir vendeur pour un fabricant – Philco, Majestic ou autre –, et gravir les échelons jusqu'à atteindre la gérance, et davantage si possible.

« Évidemment, ta mère et moi l'avons mal pris. Nous

allions perdre nos seuls amis – nous n'en avions pas d'autres, à l'époque. Je me souviens que ta mère a dit : "Qu'allons-nous faire sans vous ?"

« Et c'est là que je voulais en venir, Evan : Joe Raymond m'a proposé de l'accompagner. Il a dit qu'on mourrait sans doute de faim pendant un, deux, voire trois ans, mais qu'une fois qu'on aurait pris nos marques, on commencerait à prendre de l'essor et personne ne pourrait plus nous arrêter. Ta mère s'est aussitôt exclamée : "Oh, Charles, dis oui."

« Et je ne pourrai malheureusement jamais oublier ce qui a suivi. Je revois sa mine déconfite, sa déception lorsque je me suis mis à invoquer divers prétextes pour me défiler, pour me dérober ; j'ai fait mine de trouver l'idée risible, j'ai prétendu que je me voyais mal représentant de commerce, ce genre de chose. Je me faisais l'effet d'un lâche – sans doute parce que je l'*étais*. Mais je ne possédais tout simplement pas l'enthousiasme de Joe Raymond, ni son cran.

« Je ne peux pas te dire comment les Raymond s'en sont sortis, parce que nous avons fini par les perdre de vue, comme cela semble inévitable, même avec des amis très chers. Je ne sais pas si Joe a réussi à gravir les échelons, ou s'il les a dégringolés et a été balayé par la Dépression. Mais je peux te dire une chose, Evan : des années plus tard, après la maladie de ta mère, j'aurais donné n'importe quoi pour revenir en arrière. Et j'ai souvent souhaité revivre cette soirée à Fort Benning, pour pouvoir répondre : "D'accord. Super, j'en suis. On va le faire, Joe. On va partir d'ici et on va vendre des radios."

Charles n'avait pas réussi à empêcher sa voix de prendre une inflexion passionnée. Il attendit quelques secondes, le temps de reprendre son souffle, avant de continuer :

— Tu devines sans doute pourquoi j'ai tenu à te raconter tout cela, Evan ? Parce que je n'aime pas du tout la manière dont tu sembles te laisser porter et dériver ces derniers temps. Je n'aime pas le genre de travail que tu fais et je n'aime pas te voir rester à la maison au lieu de te trouver un coin à toi. Tu auras bientôt vingt-quatre ans et je crois qu'il serait temps que tu prennes ta vie en main. Ce que j'essaie de te dire, c'est que j'aimerais que tu sois un peu plus comme Joe Raymond, si c'était possible, et un peu moins comme moi. Tu comprends ?

— Euh, je crois. Oui, bien sûr que je comprends.

Alors, fatigué par son discours, Charles éprouva la faible satisfaction d'avoir fait de son mieux. Les seuls mots qu'il regrettait, à présent, étaient « il serait temps que tu prennes ta vie en main » : parce qu'ils pouvaient paraître un peu sentencieux à un garçon qui s'était entendu dire, quelques années plus tôt, que les choses s'arrangeraient sans doute d'elles-mêmes.

Si un long silence s'installa alors dans la voiture, c'est qu'Evan avait besoin de temps pour formuler une réponse appropriée. Il allait devoir lui exposer des idées auxquelles il n'avait pas encore bien réfléchi, il avait besoin de faire un tri avant de parler ; sans compter qu'il avait conscience qu'une déclaration trop abrupte aurait amoindri l'effet dramatique de la confession de son père.

— En fait, papa, commença-t-il, quand il se sentit prêt, j'ai des projets en tête dont j'aurais sans doute dû te parler.

Et avec une timidité qui le surprit, parce qu'il n'y avait pas là raison de se sentir intimidé, il lui expliqua qu'il voulait aller à l'université pour devenir ingénieur mécanicien. Oh, ce ne serait pas simple : d'abord parce qu'il n'avait pas son baccalauréat, ensuite parce que l'argent poserait problème, à moins qu'il ne remplisse les conditions pour devenir boursier ; mais quand il aurait trouvé le moyen de contourner ces obstacles, il savait qu'il serait de taille à affronter la suite. Il avait déjà demandé des brochures à plusieurs universités.

— Eh bien, mais c'est formidable, Evan. Je suis ravi que tes réflexions aient suivi le même cours que les miennes. Je ne serai pas en mesure de t'aider sur le plan financier, comme tu le sais, mais je te soutiendrai par tous les autres moyens qui sont en mon pouvoir.

Ils atteignait à peine le Queens quand Evan sentit son dos, sa nuque et ses bras se couvrir de chair de poule en entendant : « Eh bien, mais c'est formidable, Evan. » Le temps de traverser le pont Queensborough, il se faisait déjà l'effet d'un jeune pionnier, d'un homme courageux, de l'homme que son père avait toujours espéré qu'il deviendrait ; dès lors, leur parcours à travers la ville pour rejoindre le sud de Manhattan, où Charles trouverait peut-être la paire de lunettes qui améliorerait considérablement son quotidien, se déroula presque comme dans un rêve.

Ils avaient dépassé la 42e rue lorsque la pluie se mit à tomber ; le temps qu'ils atteignent la 23e rue, il pleuvait des cordes. Puis, juste après la 14e, alors qu'ils s'engageaient sur une route d'apparence tranquille qui traversait le long dédale tortueux de Greenwich Village, un drôle de bruit sourd s'éleva du moteur. Evan venait de se ranger le long du trottoir lorsqu'il y eut un fracas métallique et que la voiture s'arrêta net.

— Ce n'est pas bon signe, dit-il.

— Non.

Il descendit et ouvrit le capot ; il aurait juré connaître ce moteur sur le bout des doigts, et, pourtant, l'objet qu'il scruta et tâta çà et là avec précaution semblait lui être devenu totalement étranger.

— Hum, c'est une très vieille voiture, fit remarquer Charles, debout à côté de lui dans un imper froissé qu'il avait trouvé sur la banquette arrière. Ce sont des choses qui arrivent. Nous ferions bien de trouver un garagiste, tu ne crois pas ?

Mais ni l'un ni l'autre ne connaissaient cette partie de la ville, il se pouvait fort qu'il n'y ait aucun garage à des kilomètres à la ronde. Ils remontèrent deux ou trois rues sans découvrir la moindre cabine téléphonique. Charles comprit qu'ils allaient devoir se résoudre à s'imposer chez quelqu'un, une situation qu'il trouva des plus pénible – il avait toujours répugné à se plier au cérémonial qui consistait à présenter ses excuses et offrir les remerciements requis. Il appuya sur une sonnette choisie au hasard dans le hall d'un petit immeuble choisi au hasard.

— Je suis affreusement désolé, dit-il à la femme qui ouvrit la porte, mais nous avons un problème avec notre voiture ; je me demandais si nous pourrions utiliser votre téléphone, cela ne prendra qu'une minute.

— Euh, oui, bien sûr, dit-elle. Entrez, je vous en prie.

Elle recula et les accueillit dans son morne salon où Charles respira des odeurs de litière de chat, de produits cosmétiques et d'un repas fraîchement préparé ; de sorte qu'il la jugea d'emblée comme une gentille dame qui traversait une mauvaise passe. New York était truffée de miséreux aux airs distingués.

— Vous êtes très aimable. Merci beaucoup, lui dit-il. Cela ne devrait prendre qu'un instant.

— Je suis ravie de pouvoir vous être utile. Aurez-vous besoin de ceci ?

L'annuaire des pages jaunes qu'elle lui tendait ne lui était d'aucune utilité puisqu'il ne pouvait plus lire ce genre de caractères depuis des années ; il le feuilleta néanmoins, debout devant sa table de téléphone, pour ne pas avoir à la regarder dans les yeux. Il sentait peser sur lui son désir de voir cette rencontre accidentelle se transformer en heureux événement social.

— Ma foi, dit-il, je crains que mes yeux ne soient plus... Evan ? Peux-tu m'aider à lire cela ?

Evan l'avait suivi dans la pièce, les yeux papillotant d'embarras devant le sourire de la femme ; il s'approcha de l'annuaire et trouva un garage du nom de West Village Motors qui semblait pouvoir convenir. Il s'accroupit et composa le numéro de téléphone.

— Vous ne voulez pas vous asseoir ? proposa la femme. À moins que vous ne soyez pressés ?

Ils n'avaient aucune raison de l'être à présent, le garagiste n'arriverait pas avant une demi-heure et il semblait courtois de se présenter, tels des invités débarqués dans une soirée inconfortable. La femme s'appelait Gloria Drake.

— Je ne conduis pas, bien sûr, dit-elle dès qu'ils furent tous assis. Je n'ai jamais rien compris aux automobiles, je sais juste qu'elles sont terriblement compliquées – et terriblement dangereuses.

Elle égrena un petit rire tremblotant supposé paraître enfantin et désarmant, qui ne faisait qu'attirer l'attention sur ses lèvres relâchées aux contours flous. Quand elle riait, secouant ainsi les épaules de manière exagérée, elle ressemblait à un pantin désarticulé.

— ... Oh, je connais Cold Spring, s'exclamait-elle une minute plus tard. Enfin, « connaître » est un bien grand mot ; les enfants et moi avons passé quelques jours dans les environs, il y a quelques années. Je n'oublierai jamais, cette partie de la côte nord est de toute beauté : nous y étions à l'automne, au moment où les feuilles commençaient juste à changer de couleur. Oh, et ce détroit. J'adore le détroit de Long Island. Vraiment, vous ne voulez pas de sherry ?

Elle devait avoir la cinquantaine passée et l'on ne distinguait plus grand-chose de ce qu'elle avait pu être dans sa jeunesse. Ses cheveux étaient d'un blond terne tirant sur le gris clair, comme s'ils avaient été décolorés par des années passées dans un nuage de fumée de cigarette, et même si elle paraissait avoir conservé sa silhouette, c'était une petite silhouette si chétive et si avachie qu'on avait du mal à se la représenter autrement qu'assise à ne rien faire sur son canapé taché de café. Sa manière de se tenir, elle-même, suggérait le besoin impérieux d'être écoutée, comprise, et, si possible, aimée : elle était penchée, les avant-bras sur les genoux, et tordait ses mains tandis qu'elle parlait.

Plus tard, Charles Shepard essaierait de se persuader qu'il avait rempli son rôle d'interlocuteur – lui fournissant assez d'informations et posant suffisamment de questions pour nourrir la conversation –, néanmoins, sur le moment, et dans son souvenir, seule la voix de Gloria Drake semblait résonner dans l'après-midi : ses longues tirades, ses petites exclamations, ses hésitations, son rire rauque de fumeuse, son intonation hystérique. Elle était toute disposée à ouvrir son cœur à deux inconnus qui avaient frappé à sa porte.

— ... Mon Dieu, non ; nous n'habitons ce drôle d'endroit que depuis quelques mois, à titre très provisoire. Néanmoins, nous avons toujours beaucoup bougé ; les enfants disaient justement, l'autre jour, qu'ils avaient perdu le compte du nombre de maisons et d'appartements que nous avions eus. Et ils ne se souviennent pas davantage des villes, n'est-ce pas remarquable ? Bah, nous avons toujours eu la bougeotte. Dans le fond, nous sommes des vagabonds dans l'âme.

Charles et Evan avaient fini par accepter le sherry, quelques minutes plus tôt, et Evan découvrait que ce goût lui plaisait assez. Ce n'était pas si déplaisant de traînasser dans Greenwich Village avec son père. La journée était perdue : même si le mécanicien de West Village Motors parvenait à réparer la voiture, ils n'arriveraient pas à la clinique à temps ; mais une journée perdue ne pouvait-elle offrir ses plaisirs ? Le père et le fils pourraient visiter quelques bars de ce quartier d'artistes bohèmes, et même passer du bon temps à rire et à se raconter des blagues, puis ils pourraient dormir un peu dans le train, sur le chemin du retour.

— ... Oh, j'espère vraiment que vous resterez assez longtemps pour rencontrer les enfants, disait Gloria Drake. Ils devraient déjà être rentrés à l'heure qu'il est ; je me demande bien ce qui a pu les retenir. Ils ont dû emmener notre gentil Perkins chez le vétérinaire, parce qu'il vomissait partout...

À un moment, alors qu'elle parlait toujours sans discontinuer, Charles risqua un coup d'œil vers Evan, et les deux hommes échangèrent un clin d'œil complice. De parler de son chat lui rappela celui qu'elle avait eu avant celui-là – « Oh, c'était il y a très longtemps, les enfants étaient encore petits » –, et ce récit particulier l'amena à mentionner qu'elle avait divorcé de nombreuses années auparavant.

Un fait qui ne surprit guère son auditoire. Les épouses – même malheureuses – ne s'exprimaient jamais de la sorte ; non plus que les veuves. Et, à l'entendre, les Shepard se sentaient tout disposés à croire que seule une femme divorcée de longue date était capable de parler comme si chaque mot étanchait son gosier asséché, de parler jusqu'à ce que des veines grosses comme des vers de terre jaillissent de ses tempes, jusqu'à ce que des petites perles de salive blanche se forment aux coins de ses lèvres pour ressembler à une sorte d'écume.

— ... Ça n'a pas toujours été facile d'élever deux

enfants toute seule, continuait-elle. Il faut, comme qui dirait... vivre d'expédients.

Charles, qui avait toujours pensé que « vivre d'expédients » consistait à gagner de l'argent de manière rusée bien qu'hasardeuse, demanda :

— Oh ? Et quel type d'activité exercez-vous, madame Drake ?

Il regretta aussitôt ses paroles, comprenant que l'expression ne faisait en rien allusion à une occupation ou un emploi quelconque.

— Eh bien, comme je le dis toujours... (elle retrouva alors son air clownesque)... il s'agit surtout de joindre les deux bouts mois après mois, de vivre au jour le jour ; mais nous nous débrouillons.

Elle vivait donc sans doute d'une pension alimentaire – ce qui n'avait rien de honteux, même s'il eût été plus élégant de ne pas chercher à le dissimuler.

— ... Oh, *les* voilà, s'écria-t-elle, bondissant sur ses pieds lorsque retentit la sonnette. Ouf, je commençais à m'inquiéter.

Joignant le geste à la parole, elle attrapa à pleine main un de ses seins mous, donnant davantage l'impression de le soupeser que d'apaiser les battements de son cœur ; un geste assez cocasse pour justifier un nouvel échange de clins d'œil dans son dos.

Gloria Drake avait deux enfants : un garçon qui entrait tout juste dans l'adolescence et une fille qui venait d'en sortir. Ils étaient aussi frêles que leur mère et l'on devinait qu'aucun membre de cette famille ne serait jamais très vigoureux, néanmoins, la fille avait appris à tirer un fort joli parti de cette fragilité.

— N'est-ce pas formidable ? Ces messieurs ont un problème avec leur voiture et c'est à notre porte qu'ils ont choisi de sonner ; et, depuis, nous passons un moment *merveilleux*...

Lorsqu'elle s'avança pour serrer la main d'Evan, la fille, qui s'appelait Rachel, prit un air presque choqué. Elle ne mit qu'un ou deux battements de cils à retrouver son sourire aimable, mais Evan eut le temps de saisir son expression et de voir qu'elle s'en était aperçue. Par moments, il arrivait encore à Evan Shepard de ne pas se sentir très brillant, mais il était tout à fait conscient de son apparence physique et il savait qu'elle lui donnait un avantage très net avec les filles.

Le sherry se remit à couler à flots pour tout le monde, à l'exception du garçon, Phil, un adolescent mélancolique visiblement peu préoccupé d'être laissé-pour-compte. Il jouait par terre, avec le chat. Rachel s'était assise loin d'Evan, comme si elle craignait de ne pas pouvoir rester maîtresse d'elle-même sans cette distance. Il l'étudia de la tête aux pieds tandis qu'elle échangeait des politesses avec son père. Il aima sa peau, ses cheveux châtains et ses grands yeux noisette. Il ne voyait rien de « provocant » chez elle, mais il y avait mille manières d'être jolie, et de toute façon, avec ce type particulier de fille, on ne pensait pas en termes de genre ou de catégorie. Elle était singulière : maigrichonne et douce, avec ce regard magnifique des êtres qui s'éveillent à la vie. Il se mit à peser les différentes implications des mots « tendre », « fraîche », « périssable » ; cette fille était de celles qu'on pouvait chérir et protéger. Et le plus beau dans tout cela, c'était qu'il pouvait facilement revenir ici, et frapper à cette porte pour l'inviter à sortir.

Le jeune Phil s'était assis sur une chaise, les jambes serrées ; il cajolait et caressait le chat, monté sur ses genoux, lui murmurant des mots doux à l'oreille, trop jeune, semblait-il, pour être conscient du caractère efféminé de sa posture. Quand il releva la tête, des cernes noirs apparurent sous ses yeux, ternes comme la poussière. Il passait sûrement beaucoup de temps ainsi – enfermé à la maison, à écouter sa mère parler sans discontinuer, priant pour qu'elle se taise enfin, et à se sentir mortifié chaque fois que l'alcool commençait à empâter sa langue. Evan compatit en secret. Et néanmoins, s'il n'aimait pas ce genre d'après-midi, pourquoi ne sortait-il pas ? Pourquoi n'allait-il pas jouer au stickball dans la rue, ou se battre avec les petits Italiens, histoire d'apprendre deux trois trucs sur la vie ?

— Quel âge as-tu, Phil ? le questionna-t-il.

— Quinze ans.

— Ah ? Tu fais plus jeune.

— Ouais, je sais.

— Tu vas à l'école dans le coin ?

— Ouais, je...

Sa mère couvrit sa réponse, l'obligeant vite à se taire.

— Oh, cela n'a plus guère d'importance, parce que notre amour de grand garçon va bientôt entrer en école préparatoire. Il commence sa *prépa* à l'automne ; n'est-ce pas formidable ?

Evan répondit que c'était une bonne chose et Charles murmura des paroles de circonstance tout en clignant des yeux et en détaillant la pièce autour de lui. Rien, ni dans ce décor ni chez ces gens, n'indiquait qu'ils avaient les moyens de lui payer des études de ce genre. Le père absent devait signer des chèques en permanence, en plus de ceux de la pension alimentaire, dépenser toujours davantage pour le superflu.

— ... C'est une petite école, continuait Gloria Drake, elle n'est pas aussi ancienne que certaines des prépas les plus réputées, mais elle a un caractère bien à elle. Je pense qu'il y vivra des moments merveilleux et que cela lui fera un bien fou...

Quand l'employé de West Village Motors se présenta à la porte, Evan l'accompagna à l'extérieur pour lui montrer la voiture. Il ne s'absenta que peu de temps. Quelques minutes plus tard, il retournait dans l'appartement des Drake, acceptait un autre verre de sherry et se tournait vers son père avec un air mi-amusé mi-contrit pour lui expliquer que l'homme estimait que la voiture devait être remorquée et déposée à la casse.

— Il a dit : « C'est plus que de la tôle, mon pote. Rien que de la tôle. »

— Oh ! Mais c'est affreux de parler ainsi de *votre* voiture, s'écria Rachel Drake, rougissant aussitôt – c'étaient les premières paroles qu'elle adressait à Evan.

— Elle est très vieille, lui expliqua-t-il, sans toutefois se risquer à croiser son adorable regard. J'aurais dû me douter qu'elle ne tiendrait plus très longtemps.

— C'est une merveilleuse qualité que d'être capable d'accepter une chose aussi grave que la destruction de votre voiture, sans le moindre regret, insista-t-elle, flirtant ouvertement, à présent.

— Certaines choses méritent qu'on les regrette, d'autres pas.

Il était si rare qu'il parvienne à exprimer si clairement sa pensée, qu'il en éprouva une certaine satisfaction, jusqu'à ce qu'il se souvienne que son père avait déjà prononcé ces paroles.

Phil Drake avait du mal à croire que sa sœur ait osé dire à un quasi-inconnu qu'elle le trouvait « merveilleux ». Ce dont Rachel se rendit compte, à en juger par la petite bataille de regards qui opposa le frère et la sœur, rougissants, se défiant craintivement de riposter d'une remarque cuisante. Il était clair que ces deux-là étaient habitués à dépendre considérablement l'un de l'autre, ce qui corroborait la première impression d'Evan : aucun des Drake ne deviendrait jamais très vigoureux.

Mais la fille grandissait vite. Et si quelqu'un réussissait à l'éloigner de ce trou pour l'exposer aux rayons fortifiants du soleil et lui faire prendre des forces, s'il réussissait à la maintenir au loin assez longtemps, elle pourrait facilement se transformer en une femme digne qu'il verse son sang pour elle, digne qu'il lui sacrifie sa vie, qu'il lui sacrifie tout. En tout cas, cela valait la peine d'essayer.

Evan composa le numéro et Charles annula son rendez-vous à la clinique d'optométrie ; puis il téléphona à Cold Spring en PCV et prévint sa femme qu'ils rentreraient plus tard que prévu. Il se détournait du téléphone quand un gros verre rempli à ras bord trouva le chemin jusqu'à sa main. Cette femme n'abandonnait jamais.

— ... N'était-ce pas un délicieux moment ? dit-elle, une heure plus tard, quand ils réussirent enfin à progresser vers la porte. N'est-ce pas une drôle de manière de faire connaissance ? Vous vous rendez compte : si votre voiture n'était pas tombée en panne juste ici, et si vous n'aviez pas choisi de sonner à notre porte...

Tels de timides conspirateurs, Evan et Rachel demeurèrent un instant à l'arrière du groupe qui s'était rassemblé à la porte.

— Je pourrais vous appeler, un de ces jours ? questionna-t-il à voix basse.

Phil les observait avec une moue boudeuse.

— Oui, répondit-elle. J'en serais ravie.

Et, sitôt que la porte se fut refermée sur leurs visiteurs, Rachel Drake commença à se sentir incroyablement jolie. Presque autant que ces filles qu'on voyait au cinéma ; parce que sa rencontre avec Evan Shepard ressemblait à la première partie d'un film qu'elle pourrait se passer et se repasser à l'infini dans sa tête, quand bon lui semblerait. « C'est une qualité merveilleuse » serait la réplique clé qui permettrait au public de se faire une idée de la hardiesse de la jeune fille, en dépit de sa timidité, et « Je pourrais vous appeler, un de ces jours ? », celle qui, chaque fois, marquerait le début de l'histoire d'amour. Il lui importait peu de devoir attendre ce coup de fil pour découvrir la suite, parce que c'était un de ces films qui méritait d'être regardé patiemment afin de le savourer.

Oh... et s'il n'appelait pas ? Elle se sentait accablée de chagrin chaque fois qu'elle se posait cette question angoissante, mais ces crises ne duraient guère. Bientôt, ses poumons se remplissaient à nouveau et le sang se remettait à courir dans ses veines ; parce qu'il allait appeler, elle en avait la certitude.

— Sans blague, Rachel, lui dit son frère. Tu vas vraiment finir par te suicider si cet Evan ne se décide pas à t'appeler.

— Oh, cesse donc de m'ennuyer.

— Comme c'est vilain de dire une chose pareille à ta sœur, Philly, lança leur mère, de l'autre bout de la pièce.

— D'accord, je suis désolé, dit-il.

Et, pour être sûr qu'elles l'avaient bien entendu, il répéta :

— Je suis désolé.

Les excuses étaient aussi courantes que le blâme au sein de ce petit matriarcat, et le pardon planait toujours dans l'air. Seule l'affection comptait. Phil avait presque onze ans lorsqu'ils avaient cessé de s'adresser les uns aux autres dans un dialecte bébé incompréhensible pour toute personne étrangère à leur cercle ; et aujourd'hui encore, ils se disaient souvent : « Je t'aime ». Quand l'un d'eux était seul à la maison, il suffisait que les deux autres rentrent avec une heure de retard pour qu'il se rende malade d'angoisse.

Les Drake avaient résidé à dix endroits différents en treize ans. S'ils avaient été expulsés de leur logement à deux reprises, ce n'était pas toujours la pauvreté qui les forçait à partir : en général, Gloria se voyait dans l'obligation de leur chercher un nouveau domicile parce que celui qu'ils occupaient heurtait sa sensibilité pour un motif qu'elle ne jugeait pas nécessaire d'expliquer. Parfois, dans ces périodes débridées qui précédaient un départ et une installation, ils avaient appris qu'il n'y avait rien de mieux à faire que de s'agripper les uns aux autres, telles les victimes d'un naufrage, ou d'éclater d'un rire faussement brave, ou encore de se lancer dans des querelles larmoyantes sans raison valable, pour échapper à l'inquiétude rampante ; puis, ils s'habituaient tant bien que mal à leur nouveau cadre de vie, en attendant d'être à nouveau secoués par des forces qu'ils ne contrôlaient pas.

Ils avaient tous trois un faible pour le miroir du salon de leur domicile présent et, à ce moment précis, Rachel aurait bien passé une heure à y contempler la forme de son visage et son port de tête sous divers angles, si son frère n'avait pas été planté là, à l'observer.

De fait, c'était Gloria qui le monopolisait dans la clarté déclinante de cette journée. Elle se tapota les cheveux et prit plusieurs expressions supposées illustrer le mot « sympathique », qu'elle trouvait le plus propre à décrire Charles Shepard. Cet après-midi lumineux demeurerait à jamais gravé dans sa mémoire : Charles Shepard était la personne la plus sympathique qu'elle ait rencontrée depuis des années.

— N'étaient-ils pas délicieux ? demanda-t-elle à ses enfants. Quel bon moment nous avons passé, tous les cinq, si agréable, si sympathique. Et je soupçonne que nous n'allons pas tarder à les revoir, pas vous ?

Son visage se figea soudain.

— Oh, j'espère que je n'ai... commença-t-elle ; et voyant aussitôt ses craintes se refléter dans les yeux de ses enfants : Je n'ai pas trop parlé, dites ?

— Non, non, la rassura Phil. Tu as été parfaite.

Les Shepard, père et fils, passèrent un peu de bon temps dans plusieurs petits bars du Village, cet après-midi-là, savourant cette journée perdue et l'intérêt qu'ils se découvraient l'un pour l'autre ; rien ne pressait, leur train ne partirait pas avant plusieurs heures. Le rire leur venait spontanément chaque fois qu'ils mentionnaient le nom de Gloria Drake ou parodiaient sa manière de s'exprimer.

— La fille semblait gentille, elle, fit remarquer Charles.

— Ouais. Très gentille, c'est vrai.

— Et jolie, qui plus est.

— Ouais.

Evan craignit que son père n'ajoute : « Tu comptes l'inviter à sortir ? » ou ne lui pose une autre question de ce genre : il était primordial de préserver sa vie privée quand on vivait chez ses parents. D'ailleurs, il était temps d'offrir une nouvelle imitation de Gloria Drake pour entretenir l'atmosphère rieuse du moment.

— Hé, p'pa ?

Evan s'écarta un peu du bar et tira sur son haut pour former une petite boule de tissu supposée figurer le sein gauche d'une femme. Avec de grands gestes n'ayant manifestement d'autre objet que de soupeser et de caresser ce sein, il souffla d'une voix efféminée :

— *Ouf, je commençais à m'inquiéter.*

— Ha ! C'est tout à fait ça, dit Charles après un gloussement attendu. Néanmoins, je pense que nous avons assez ri à ses dépens, pas toi ? En réalité...

Il fit tourner les glaçons dans son verre, en but une gorgée et le reposa sur le bar. Puis, il se redressa sur son siège et tira deux ou trois fois sur l'ourlet de son pardessus, comme s'il s'agissait d'une vareuse.

— En réalité, il n'y a jamais rien de risible chez une femme assoiffée d'amour.

Evan réfléchit à ces paroles, impressionné par la clairvoyance de son père, et reconnut qu'il avait sans doute raison.

4.

Peu après, Evan s'acheta une voiture vieille de neuf ans assez usée mais bon marché, puis il téléphona à Rachel Drake pour avoir avec elle une petite conversation bien préparée – mais étrangement haletante –, et se présenta à sa porte deux ou trois jours plus tard.

— Oh, bonjour, l'accueillit-elle. Entrez.

Il retrouva le relent de crottes de chat, les fauteuils malpropres et le verbiage torrentiel de la mère – « Quel plaisir de vous revoir, Evan ; comment se porte votre père ? Bien j'espère » – et l'adolescent gracile à l'air maussade. Mais Rachel était ravissante dans la robe bleue qu'elle semblait avoir achetée pour l'occasion. Evan comprit que tout irait mieux d'ici une minute : dès qu'il l'aurait sortie d'ici ; et il avait raison.

— ... Tu es un très bon conducteur, cela ne fait aucun doute, lui dit-elle, alors qu'ils se dirigeaient vers le pont George-Washington, au nord de la ville. Tu parais très détendu. Très sûr de toi. Au volant, j'entends.

— Ouais, j'ai toujours aimé conduire.

Il comptait l'emmener dans un coin qu'il connaissait, le long des Palissades ; à un endroit, on pouvait se glisser dans un petit champ et profiter d'une vue spectaculaire de Manhattan dans le soleil couchant. Puis, ils se rendraient dans un restaurant qui paraissait dans ses moyens, en périphérie de Teaneck ; et la suite dépendrait du ton de la soirée.

La voiture garée au bord de la route, derrière eux, il la guida à travers des hautes herbes et des lauriers jusqu'à un rocher plat, assez haut et large pour leur servir de siège. Là, il prit soin d'étaler sa veste afin de protéger sa robe.

— Oh. Ça vaut vraiment le coup d'œil, dit-elle, quand ils se furent installés.

— Oui, j'ai toujours aimé cet endroit.

Et cela valait très certainement le coup d'œil. Vue depuis cette falaise, l'improbable ligne d'horizon de New York, retranchée derrière l'Hudson, avait de quoi vous couper le souffle. On comprenait tout de suite que ces tours éclaboussées de jaune, d'orange et de rouge, avec leurs innombrables fenêtres embrasées, avaient une meilleure raison d'être que le commerce ; elles étaient là pour vous, comme pour répondre à un vœu, elles avaient pour objectif suprême d'élever vos aspirations, d'être à la hauteur de vos rêves.

Evan sentit qu'il pourrait s'autoriser à passer un bras autour d'elle et à l'embrasser dès maintenant, mais il préféra attendre. Il prit sa main pâle et frêle posée sur le rocher avec la même délicatesse que s'il s'agissait d'un oiseau, et, plus étrange encore, elle ne fit pas mine de s'en apercevoir. Elle continua à lui présenter son profil grave, les yeux fixés sur le panorama grandiose qui s'étirait derrière la rivière, alors même que son cou et ses joues se teintaient d'un rouge profond. La timidité était une chose plutôt séduisante chez une fille, mais celle-ci avait tendance à la pousser un peu loin. Allait-elle l'ignorer s'il se penchait pour l'embrasser ? Mince ; c'était tout à fait possible. Et s'il glissait une main entre ses cuisses ?

— Tu es très timide, on dirait.

— Oui, très.

Au moins le regardait-elle, à présent : elle semblait même l'étudier, comme si elle était toujours aussi déconcertée par la perfection de ses traits. C'est alors qu'il songea que « Oui, très » était une réponse plus positive et plus brave que « Non, pas du tout », ou « Tout dépend de ce que tu entends par timide » ; et il déposa un léger baiser sur ses lèvres.

— Bon. Allons-y, dit-il, se levant et lui tendant la main pour l'aider à faire de même.

Ce n'était pas uniquement le visage d'Evan Shepard qui déconcertait Rachel, c'était toute sa personne. La grâce avec laquelle il avançait et se retournait en dépit de ses épaules carrées et massives : elle avait l'impression qu'elle ne se lasserait jamais de ce spectacle. Certains garçons de vingt-trois ans conservaient quelque chose d'enfantin, dans leur démarche, leur posture – ce qui ne manquait pas d'être séduisant, d'ailleurs ; Evan, lui, était déjà un homme.

Il savait tellement de choses ! Et sa belle contenance, le flux tranquille de ses paroles, sa manière de conduire n'étaient qu'un début, au même titre que ce baiser volé si surprenant. Repensant à ce baiser, elle se laissa guider le long du trottoir et dans un endroit qui se révéla être un restaurant extrêmement joli et calme – c'était la première fois qu'un garçon, ou un homme, lui donnait un petit baiser aussi charmant. S'il avait duré une seconde de plus, ils auraient été trop embarrassés pour parler, ensuite, mais il s'était approché, l'avait déposé sur ses lèvres, et s'était écarté avec le sourire qu'il fallait. Et le plus formidable, c'était qu'elle ne ressentirait aucune timidité, plus tard, quand viendrait le moment du vrai baiser.

Assise face à lui, dans ce beau décor, prête à découvrir d'autres qualités séduisantes, Rachel commanda un martini dry pour la troisième fois de son existence. Evan s'adressa au serveur avec un mélange parfait de courtoisie et d'autorité – chose tout à fait séduisante en soi –, puis, au fil d'un repas où la conversation fut de part et d'autre remarquable par son aisance et son équilibre, lui expliqua qu'il était divorcé et père d'une fillette de six ans.

Elle comprit qu'il lui faudrait du temps pour envisager toutes les implications de cette nouvelle étonnante. Les mots « divorcé » et « père » suggéraient une maturité bien trop grande pour qu'elle se fasse immédiatement à l'idée.

— Où vit-elle ?

— Ma fille ?

— Euh, oui, elle aussi, bien sûr ; mais je voulais parler de ta femme. De ton ex-femme.

— Oh, elle a terminé l'université cette année, je crois. Ou non, attends, je pense que c'était l'année dernière. J'ignore tout de ses projets ; ses parents ne me disent pas grand-chose. Ce sont eux qui s'occupent de la petite, en fait – ils me l'amènent à la maison, parfois, ou c'est moi qui vais la chercher chez eux ; mais ils ne parlent jamais beaucoup de Mary, et je ne leur pose pas de questions.

C'était donc ainsi qu'elle s'appelait. Une très jeune fille de Long Island prénommée Mary était tombée amoureuse d'Evan Shepard plusieurs années auparavant, alors qu'il était tout aussi jeune ; le ravissement de la chair et de l'esprit ; la naissance d'un enfant ; et maintenant, il ne savait même pas ce qu'elle comptait faire de sa vie.

— Elle est jolie ?

Il baissa le nez sur son assiette.

— Qui Mary ? Oui. Ça, oui, elle est très jolie.

Sur le chemin du retour, ce soir-là, dans le silence de la voiture, Rachel commença à prendre conscience qu'Evan Shepard pourrait obtenir d'elle ce qu'il voudrait. La seule entrave qui s'imposa à son esprit fut le visage anxieux de sa mère ; elle savait que Gloria serait horrifiée si elle allait « trop loin » – même avec un homme tel que lui –, et à plus forte raison si elle allait « jusqu'au bout ».

Gloria n'avait jamais été une source d'information fiable en matière de sexualité ; elle était secrètement convaincue que les gens bien n'éprouvaient pas le besoin de discuter de ces choses-là. Elle réussissait à esquiver presque toutes les questions, soit en éclatant d'un petit rire chevrotant, soit en affirmant à Rachel qu'elle saurait ce qu'il y avait à savoir en temps voulu – et le plus troublant, dans cette attitude, était qu'elle lui semblait davantage dictée par l'insouciance, ou la paresse, que par ses principes. Elle avait même négligé de lui parler des menstruations. Un jour qu'elle était seule à la maison, souillée de sang et terrifiée, l'adolescente de treize ans avait frappé à une porte au hasard ; là, une gentille dame lui avait tout expliqué (« Cela signifie juste que tu es une femme, maintenant, chérie... »), pendant qu'un gentil monsieur filait lui acheter une boîte de Kotex et une petite ceinture élastique rose.

Et elle avait beau avoir dix-neuf ans, elle se sentait toujours lourdement handicapée par son ignorance. Elle était « sortie » avec neuf garçons, ou hommes, sur des périodes variables, de deux soirées à six mois, voire un peu plus, calcula-t-elle ; un total que nombre de filles se permettraient de juger conséquent (il arrivait même que ce neuf lui procure un sentiment d'abondance plaisant) ; seulement, certains garçons de cette liste s'étaient révélés tout aussi handicapés qu'elle, avec leurs mains maladroites et leurs petits soupirs rauques, et il fallait ajouter à cela les remarques glaciales ou amusées des autres, qui, en plus de tout gâcher, l'avaient terrifiée.

Dernièrement, un magazine hebdomadaire avait imprimé en bonne place un article sur les relations sexuelles avant le mariage. Rachel le lisait avec un vif intérêt, sans se soucier de l'abus que faisait son auteur des mots « réaliste », ou « sensé », quand sa mère était entrée dans la pièce et avait lancé : « Oh, je ne me soucierais pas trop de tout cela, à ta place, chérie. Ils veulent juste... faire du sensationnel. » Quand elle avait cherché le magazine pour finir l'article en cachette, le lendemain, elle avait découvert que sa mère s'en était débarrassée.

Dans ces conditions, avait-elle la moindre raison de se soucier de son opinion, dans la situation présente ? Comment sa mère pourrait-elle souffrir de ce qu'elle ignorerait et n'aurait aucun moyen de découvrir ?

Et néanmoins – à quoi bon le nier –, la peur était là. Ses mains moites sur les genoux, elle se laissa conduire par Evan à travers l'écheveau sombre des rues de Manhattan, consciente de chaque battement de son cœur. Peut-être toutes les vierges avaient-elles peur. Ou juste les vierges tyrannisées par leur mère. Quoi qu'il en fût, son souci immédiat était qu'elle ne voyait aucun moyen respectable de dire non à Evan Shepard. Il se moquerait d'elle, il la trouverait infantile, idiote ; il la rejetterait d'une pichenette et elle ne le reverrait jamais.

Mais, contre toute attente, quand ils se retrouvèrent assis à discuter, la voiture sagement garée le long du trottoir de son immeuble, Evan ne tenta pas du tout de la séduire. Il n'essaya même pas de tripoter ses seins ou ses cuisses – des avances qu'elle avait appris à esquiver de manière plutôt gracieuse, mais qu'elle aurait sans doute acceptées de lui. Il paraissait disposé à se contenter de baisers, ce soir – de longs baisers de cinéma, bouches ouvertes, langues entremêlées –, comme pour lui dire : « Ça peut attendre pour le reste, tu sais. Je suis beaucoup plus expérimenté que toi dans ce domaine, chérie, alors crois-moi, il vaut mieux qu'on prenne notre temps. »

Quand il lui souhaita bonne nuit dans le hall de l'immeuble, après avoir attendu qu'elle retrouve ses clés dans son sac à main, Rachel vacilla presque à la simple idée qu'il allait partir.

— Tu m'appelleras ? demanda-t-elle d'un ton désespéré. Tu m'appelleras, dis, Evan ?

Il se retourna pour lui adresser le premier d'une longue série de sourires empreints de pitié, d'indulgence taquine, et de désir de l'aimer.

— Bien sûr que je t'appellerai, dit-il

Sur la route de Cold Spring, ce soir-là, conscient d'avoir fait bonne impression, Evan s'autorisa à envisager de se remarier – à condition de mieux réfléchir à la chose, et de le faire pour de meilleures raisons que la première fois.

Ce n'est que lorsqu'il se prépara à se coucher, bien qu'il lui restât peu d'heures de sommeil avant d'aller travailler, qu'une question déconcertante s'imposa à lui : Et son projet de devenir ingénieur ? Il la repoussa juste avant de s'endormir, se persuadant que le mariage et les études n'étaient pas forcément incompatibles. Il trouverait des solutions, il y aurait moyen de s'arranger. Tout était possible pour un homme de vingt-trois ans qui tenait les rênes de sa vie bien en main.

5.

Peu à peu, au cours de l'été et d'une partie de l'automne qui suivirent, il devint clair pour Evan et Rachel – de même que pour leurs familles respectives – qu'ils pouvaient aussi bien se considérer comme fiancés.

Gloria Drake supposait que c'était une bonne nouvelle, même si elle eût été plus enthousiaste si Evan leur avait ramené son père à l'appartement au moins une fois ; d'un autre côté, elle se sentait mal préparée pour ce genre de chose. En particulier parce qu'elle avait du mal à croire que Rachel fût assez mûre pour tomber amoureuse ; pour Gloria, elle était encore cette fillette qui alignait sa douzaine de poupées sur le sol de sa chambre, ou qui éclatait en sanglots pour des motifs aussi futiles que son refus de lui acheter une crème glacée.

Les soirs où elle restait debout assez tard pour voir Rachel rentrer, une expression rêveuse sur le visage, Gloria était déconcertée par l'apparence de sa fille : par ses vêtements fripés, ses cheveux emmêlés, ses yeux fiévreux et ses lèvres enflées d'où toute trace de rouge à lèvres avait disparu. Si l'amour passait souvent pour une souffrance, Rachel parvenait parfois à l'élever au rang de supplice.

Mais ce n'était pas tout : peu à peu, Gloria en était venue à soupçonner Evan de ne pas être totalement digne de confiance – voire pas du tout. Il y avait comme un rien de démoniaque dans son beau visage. Parfois, lorsque ses paupières tombaient sur ses yeux pétillants et qu'il vous coulait un regard oblique, il ressemblait à ces vils séducteurs qui abandonnaient leurs conquêtes sans un remords.

— Rachel, je crois qu'il faudrait qu'on discute toutes les deux, lui dit-elle un après-midi, alors que sa fille repassait les plis de la jupe blanche plutôt sexy qu'elle comptait porter ce soir-là. Je ne trouve pas qu'il soit très correct de la part d'Evan de te faire une cour aussi longue que vaine. Si vous êtes fiancés, la date du mariage devrait déjà être fixée, et proche.

— Oh, mère.

Rachel leva sur elle un regard agacé voilé par la vapeur du fer électrique.

— Tu ne te rends pas compte à quel point tu es injuste envers Evan. Il doit penser à sa carrière. Je t'ai dit qu'il voulait devenir ingénieur, et je t'ai également dit qu'il allait avoir besoin...

— D'accord, mais combien d'années vont-elles durer, ces études ?

— En fait... quatre ans, mais...

— Tu veux dire que vos fiançailles vont durer *quatre ans* ?

— Non ! Veux-tu bien me laisser finir, mère ? Il y a des étudiants mariés, ce n'est pas rare. Nous devrions pouvoir nous marier à l'issue de sa première, ou de sa deuxième année d'université : d'ici là j'aurai sans doute travaillé assez longtemps pour nous mettre un peu d'argent de côté. J'espère me trouver un emploi stable, vois-tu.

— Cela ne me plaît pas du tout, trancha Gloria. Et

quand Evan passera te prendre, ce soir, il faudra que nous nous asseyions et que nous ayons une petite conversation, tous les trois.

Et c'est ce qu'ils firent. Le jeune couple resta assis sur le vieux canapé, main dans la main, tandis que Gloria parlait sans détour. Elle argua que de longues fiançailles étaient toujours jugées peu sages, pour des raisons évidentes, et elle les engagea à se marier au plus tard en novembre. Dans le cas contraire, continua-t-elle, il serait plus raisonnable de se « délier l'un l'autre de leur promesse ».

Son discours délivré, elle eut le sentiment de s'être acquittée de son devoir. Elle avait dit ce qu'il fallait, en employant les bons mots. Se heurter à des difficultés inattendues, supporter le choc d'une surprise, prendre au plus vite des décisions tranchées : c'était, au fil des ans, ce qu'elle en était venue à appeler « vivre d'expédients ».

Les jeunes fiancés débattirent à voix basse ; puis, alors qu'Evan examinait une maille tirée sur la manche de son manteau, Rachel se tourna vers sa mère et lui annonça qu'ils y réfléchiraient.

— Madame Drake ? demanda une voix grave, au téléphone, deux ou trois jours plus tard. Charles Shepard à l'appareil.

Il devait passer l'après-midi en ville et se demandait s'il lui serait possible de la retrouver quelque part pour prendre un verre.

Elle essaya trois robes devant le miroir – dont aucune n'était d'une propreté irréprochable –, et deux coiffures, avant de décider qu'elle était prête. Elle frétillait d'impatience comme une jeune fille : elle ne s'était pas rendue seule en ville pour rejoindre un homme depuis des années ; elle devrait veiller à ne pas se couvrir de ridicule. Elle était tout à fait consciente que Charles

Shepard ne l'aurait pas appelée s'il n'avait eu vent de son ultimatum ; il voulait lui opposer son point de vue. Elle l'écouterait, certes, après quoi, elle tenterait de le rallier à sa cause. Ce qui lui offrirait une nouvelle occasion d'« user d'expédients ».

Il lui proposa de la retrouver dans le vaste salon du Pennsylvania Hotel. Avec ses hauts plafonds et son activité discrète, ce lieu était en accord parfait avec la distinction de cet homme incroyablement sympathique. Il ne remarqua sa présence que lorsqu'elle se trouva à quelques pas de sa table. Il cligna des yeux, la mine contrite, puis se leva et inclina gracieusement sa haute silhouette militaire. Quand ils furent installés, elle commanda un bourbon coupé d'une petite goutte d'eau au serveur, et saliva par avance. Voilà qui commençait bien.

— ... C'est pourquoi j'ai pensé que nous devions discuter des différents aspects de la question, disait-il. Parce que certains points méritent qu'on...

Il n'eut pas le temps de terminer sa phrase que son avant-bras heurta un verre d'eau qui se renversa, inondant la table.

— Oh ! s'exclama-t-elle.

— Je suis affreusement désolé. Attendez, laissez-moi essayer de... vous n'avez rien ?

— Non, tout va bien. Cela m'a juste prise de court.

Le serveur réapparut pour tamponner et essuyer la table d'une main experte accompagnée de paroles rassurantes. Lorsqu'il eut disparu, Charles lui expliqua :

— Ce sont mes yeux. J'ai une très mauvaise vue. Il m'arrive de tout bousculer sur mon passage, tel un aveugle.

Donc, il se pouvait fort qu'il ne soit pas en mesure de distinguer les zones fripées de son visage et de son cou, ni les taches de gras laissées par une tranche de saucisson sur le haut de la plus belle de ses trois robes ; et qu'il ne puisse pas non plus deviner son âge et ne s'interroge jamais sur l'avidité qui se lirait toujours sur son visage solitaire lorsqu'elle se trouverait face à lui.

À présent, il lui expliquait d'une voix aussi fière et autoritaire qu'elle avait dû l'être à l'époque où il commandait ses soldats, qu'il était primordial qu'Evan se sente « libre de toute attache » afin d'étudier à plein temps ; et qu'il était persuadé que Rachel en avait conscience. Elle le lui avait confié elle-même quand Evan l'avait amenée chez eux, un jour, et il n'était pas surpris qu'elle se range à cet avis : Rachel était bien trop intelligente pour ignorer l'évidence.

— Oui, c'est certain, concéda Gloria, ne songeant qu'à convenir de l'intelligence de Rachel.

La chaleur subtile et délicieuse du whisky commençait enfin à se diffuser dans ses veines et dans son cerveau.

— Et je peux comprendre, moi aussi, monsieur Shepard, toutefois je...

— Je vous en prie, l'interrompit-il, appelez-moi Charles.

— C'est un joli nom, Charles ; et vous pouvez m'appeler Gloria. Toutefois, j'ai du mal à me représenter Rachel en dactylo, ou en serveuse, ou en je ne sais quoi d'autre, pour une période qui pourrait s'étendre sur plusieurs années, sans aucune garantie de sécurité future, hormis un vague projet de mariage, dans un avenir plus ou moins lointain. Je ne veux pas prendre le risque de la voir souffrir.

— Et pour quelle raison risquerait-elle de souffrir ?

Elle réfléchit un instant, les yeux sur son verre vide, que remplaça bientôt l'ambre profond d'un verre plein. Certes, le jeune Evan lui apparaissait parfois comme un garçon susceptible de traiter une fille à la légère, sinon sans aucun égard ; mais il était le fils de cet homme bon et attentionné qui ne songeait qu'au bonheur de leurs deux enfants. Et même si ces études universitaires constituaient un risque pour Rachel, aucune vie n'était jamais exempte de risques. Peut-être qu'en la matière, seul un homme était capable de réelle clairvoyance.

— Oh, je ne sais pas, Charles, finit-elle par répondre. Je suppose que je vois toujours Rachel comme une petite fille.

— Ma foi, c'est... curieux, parce que je la décrirais plutôt comme une jeune femme mature et responsable.

Et elle comprit, à son expression et au ton de sa voix, qu'il savait qu'il avait remporté la partie.

Pendant une heure ou plus, s'appelant par leurs prénoms plus souvent que nécessaire, ils continuèrent à discuter et à boire comme mus par un intérêt réciproque authentique – en amis –, jusqu'à ce qu'ils s'aperçoivent qu'il était sept heures passées. Charles aurait déjà dû être chez lui ; mais au point où il en était, il lui parut courtois d'inviter Gloria Drake à dîner sur place. Il devait toutefois passer un coup de fil, avant cela, lui expliqua-t-il.

Debout devant la cabine téléphonique avec un billet d'un dollar dans la main, attendant qu'un chasseur aimable établisse sa communication – « Voilà, monsieur, oh, merci, monsieur » –, Charles songea qu'il était idiot de gaspiller autant de temps et d'argent en un tel lieu, mais il lui était impossible d'agir autrement.

— ... Je t'ai déjà expliqué combien cette femme était bavarde, chérie, expliqua-t-il à Grace. Il n'y a pas moyen de la faire taire. Mais j'ai accompli l'essentiel de ma mission : je l'ai ralliée à notre cause. Evan ne subira plus de pressions, désormais ; n'est-ce pas une bénédiction ?... D'accord... Bien sûr, chérie, et j'en suis désolé... Certainement. Il y a une boîte de thon dans le placard, au-dessus de l'évier, l'étagère du bas, porte de gauche ; et si tu veux réchauffer le reste de la soupe de champignons d'hier soir, tu trouveras la petite casserole dans le réfrigérateur, et il y a quelques crackers dans le placard, au-dessus de la cuisinière, porte de gauche...

En le voyant revenir vers la table d'un pas mesuré, Gloria se dit qu'elle n'avait jamais rencontré un homme doté d'une telle... prestance. Cold Spring était réputée pour ses « vieilles fortunes » – ces familles qui se transmettaient un patrimoine plus ou moins important de génération en génération –, eh bien, les gens du coin n'auraient pu souhaiter meilleur ambassadeur que Charles Shepard. On devinait à sa démarche qu'il avait la vue basse, mais cela ne faisait qu'ajouter à sa dignité. Gloria l'imaginait mal tout bousculer sur son passage, tel un aveugle ; cet homme était tout à fait digne de devenir l'un des héros de sa vie.

— Je serais heureuse que vous me parliez davantage de Cold Spring, Charles, lui dit-elle lorsqu'il eut retrouvé sa place, de l'autre côté de la table. Parce que, savez-vous ce que j'aimerais faire, un jour ? J'aimerais y séjourner assez longtemps pour m'en forger ma propre idée.

— C'est un coin très paisible, en fait ; assez monotone, à bien des égards, même...

Quand Gloria retrouva son appartement, elle vibrait encore corps et âme du plaisir que lui avait procuré cette soirée. Elle venait tout juste de se servir un dernier verre quand Rachel et Evan rentrèrent, beaucoup plus tôt qu'à leur habitude ; et, bien plus que leurs visages sobres, la première chose qui la frappa fut l'étincelle de triomphe qui éclairait le regard de Rachel. Ils avaient une nouvelle à lui annoncer.

— Nous avons décidé que tu avais raison, lui dit sa fille, agrippant la main d'Evan, tandis qu'ils reprenaient leur place sur le canapé. Nous n'allons pas attendre. Nous allons nous marier tout de suite.

— C'est que... c'est très étrange, parce que, voyez-vous, j'ai dîné avec le père d'Evan, ce soir, au Pennsylvania, et nous nous sommes mis d'accord sur l'autre possibilité. Celle qui consisterait à patienter.

— Ah, oui ? Mais, il ne s'agit pas de votre mariage, au père d'Evan et à toi. Il s'agit de mon... il s'agit de notre mariage à nous, non ?

Gloria ne savait plus que penser. Une telle détermination chez une enfant qui avait toujours paru trop tendre pour ce monde était certainement bon signe ; et pourtant, quelque chose la gênait.

Et le silence d'Evan ne faisait que renforcer son malaise diffus. Il se contentait de hocher la tête et de grommeler son approbation, pendant que Rachel exposait leur point de vue tout en lui broyant la main entre les deux siennes. Pourquoi ne disait-il rien ? N'était-ce pas à l'homme de prendre la parole dans de telles circonstances ?

— Je crains que cette idée ne plaise pas du tout à votre père, Evan, commenta-t-elle.

— Oh, ne vous en faites pas pour ça, madame Drake, dit-il d'une voix ensommeillée. Il s'y fera.

Elle avait beau s'inquiéter des airs démoniaques de ce jeune homme depuis des mois ; ce soir, à côté de cette Rachel fière et resplendissante, il paraissait tout à fait quelconque. Mort de fatigue, vaincu, prêt à se soumettre au désir borné d'une jeune femme qui ne songeait qu'à se faire épouser. « Bah, d'accord, allons-y ; pourquoi pas ? » semblaient dire ses yeux las.

Et ce n'est qu'après s'être énuméré ces réserves sur

Evan que Gloria réussit à identifier sa gêne : ne serait-il pas dommage, tout de même, qu'une jeune fille ne se marie que pour le sexe ?

— Vraiment, Charles, dit-elle au téléphone, un ou deux jours plus tard, pourquoi les laisser faire ce que vous et moi jugeons si... imprudent ?

— La question n'est pas tant de « les laisser faire » que de reconnaître qu'ils sont assez grands pour agir selon leur bon vouloir, non ? répondit Charles, d'une voix fatiguée.

Elle lui répondit qu'il avait raison, mais resta un long moment assise sur le canapé après avoir raccroché, essayant vainement d'ordonner ses pensées.

Elle regrettait que Phil ne soit pas à la maison, ils auraient pu discuter et réfléchir à tout cela ensemble. Phil avait beau n'être qu'un adolescent, il arrivait que la clarté de ses propos lui épargne bien des hésitations. Dans le fond, elle avait juste envie qu'il soit là, même s'ils n'arrivaient pas à parler, même s'il devait faire l'imbécile avec le chat, se regarder dans le miroir, ou se réfugier dans ces enfantillages exaspérants qui le faisaient toujours paraître plus jeune qu'il ne l'était.

Il lui manquait tant. Ses lettres d'Irving School étaient longues et suffisamment drôles pour être lues à voix haute, le plus souvent, mais il ne parvenait jamais à dissimuler sa tristesse. Il n'était sans doute pas assez robuste pour endurer le quotidien d'un élève d'école préparatoire. Il était trop sensible et avait trop d'imagination pour son propre bien ; ce en quoi il ressemblait à sa mère.

Rachel était différente, elle. En dépit de sa douceur et de sa tendance à pleurer pour un simple cornet de glace, Rachel était le membre le plus stable de cette famille : elle tenait de son père.

Douceur et stabilité, une combinaison certes étrange,

mais qui ne manquait pas d'avantages, ainsi que Gloria l'avait découvert. Elle savait aussi que nombre de filles commettaient l'erreur de se marier uniquement pour le sexe – et ce depuis la nuit des temps –, une erreur qu'elle-même n'aurait jamais commise.

Gloria avait trente ans, l'expérience de plusieurs relations derrière elle, et de sérieuses inquiétudes concernant son avenir, lorsqu'elle avait accepté d'épouser Curtis Drake. À l'époque, déjà, elle était consciente que l'inquiétude n'était pas une raison valable de se marier ; et pourtant, à présent, elle la jugeait plus valable que la susceptibilité virginale et ignorante de sa fille.

Ou alors... était-il possible qu'aucun être ne soit vraiment en mesure de déterminer ses vrais motifs ? Et si les hommes et les femmes s'unissaient tous de manière aussi aléatoire et irréfléchie que les oiseaux, les cochons ou les insectes, si tout appel à la « raison » était forcément vain, un leurre, un non-sens. Oui, c'était sans doute une manière d'appréhender les choses. L'autre manière exigeait de convoquer des souvenirs trop vifs et trop douloureux pour qu'elle envisage de le faire la plupart du temps : l'autre manière consistait à reconnaître que Curtis Drake avait gagné son cœur.

« Tu me dis toujours des choses si gentilles », se souvenait-elle de lui avoir répété maintes fois, en toute sincérité, bien qu'il lui parût presque impossible, aujourd'hui, de se remémorer même ses plus charmantes déclarations.

Elle aimait ses cheveux bien coupés, son port de tête, ses épaules droites. La profondeur et la résonance de sa voix dans les moments de tendresse, aussi, même si elle savait qu'elle pouvait devenir dure et rocailleuse au cœur d'une dispute, ou se réduire à un gémissement presque féminin lorsqu'il lui adressait une remontrance

– « Tu ne veux vraiment pas te montrer raisonnable, Gloria ? »

Depuis son divorce, elle avait déclaré à des tas de gens qu'elle ne comprenait pas ce qu'il lui avait pris d'épouser Curtis Drake, mais, dans le fond, Gloria savait précisément ce qui lui avait pris. Certaines des chansons qui passaient tard le soir à la radio lui arrachaient encore des larmes :

Nous pouvions faire semblant
Que je t'aimais,
Juste faire semblant
Que tu m'aimais...

Enfin, il valait mieux se sortir tout cela de la tête, advienne que pourra, parce qu'elle avait un mariage à organiser, maintenant.

Gloria avait toujours eu un faible pour l'église épiscopalienne – la seule paroisse notoirement aristocratique d'Amérique –, d'où son amère déception lorsque le pasteur lui annonça au téléphone qu'il ne pourrait être question d'un mariage épiscopalien, s'agissant d'une seconde union pour Evan. Durant les semaines qui suivirent, elle sélectionna plusieurs églises presbytériennes ou méthodistes qui semblaient valoir le coup d'œil, dans l'annuaire téléphonique, sans vraiment s'intéresser à ce qu'elle faisait. Et toute cette histoire commençait à l'agacer en plus de l'ennuyer quand son problème fut résolu par un appel inattendu de Charles Shepard.

Il y avait à Cold Spring une chapelle œcuménique qui serait sûrement en mesure de leur organiser une jolie cérémonie ; les Shepard pourraient, ensuite, donner une petite réception chez eux. Cela lui conviendrait-il ?

— Oui, ce serait merveilleux, répondit-elle. Ce serait parfait, Charles

Le matin du mariage, Rachel Drake était si fatiguée et angoissée qu'elle eut du mal à préparer sa valise. Elle aurait donné n'importe quoi pour retourner se coucher et dormir quelques heures de plus, mais c'était hors de question.

— Maman ? appela-t-elle par la porte ouverte du salon. Tu as les horaires, là-bas ?

— Les quoi ?

— Tu sais bien, les horaires de train. Parce que je ne me rappelle plus s'il part à neuf heures vingt-cinq ou neuf heures cinquante-cinq, et je...

— Tu as tout ton temps, chérie. Il suffit que nous soyons à la gare Penn un peu avant onze heures ; nous pouvons encore savourer une tasse de...

— Non, non, la coupa Rachel, avec impatience. Je prends le train précédent, je ne te l'ai pas dit ? Je pars avec papa.

Il y eut un silence éloquent.

— Oh. Non, tu ne me l'avais pas dit.

Rachel se mordit la lèvre. Les débordements émotionnels de sa mère étaient terrifiants, et celui-ci promettait d'être des pires.

— Je pensais pourtant t'avoir prévenue. J'aurais juré te l'avoir dit il y a plusieurs jours. Bah, peu importe. Tant qu'on sera tous réunis pour... le mariage et la réception.

Sa mère apparut dans l'encadrement de la porte, arborant son petit sourire mi-triste mi-ironique de tragédienne, vêtue d'une robe splendide qui avait dû lui coûter la pension alimentaire mensuelle que lui versait Curtis Drake.

Gloria n'avait pas l'habitude de conserver son sang-froid quand tous les signes d'une injustice flagrante l'incitaient à le perdre. Elle avait rarement fait l'effort de se contrôler au cours de sa vie, et avait oublié le sentiment de dignité et de noblesse que cela procurait après coup.

— Bien sûr, Rachel, répondit-elle d'une voix paisible. Comme tu voudras.

Il ne lui restait plus grand-chose de sa dignité et de sa noblesse lorsqu'elle se retrouva seule dans le train, ce matin-là. Elle était gênée par l'aspect miteux de son manteau d'hiver bon marché, et ne pouvait qu'espérer trouver un endroit discret où l'accrocher, voire le jeter, avant de pénétrer dans le silence de la chapelle œcuménique. (« Oh, voilà la mère, murmurerait-on sur son passage. C'est la mère de la mariée. N'est-elle pas séduisante ? »)

Rachel se chargerait sans doute de présenter Curtis Drake aux Shepard et à leurs invités – c'était sans doute ainsi que l'on procédait quand les parents de la mariée étaient divorcés –, et pourtant, Gloria savait qu'elle ne se remettrait à respirer normalement que lorsque cette partie de la journée serait derrière elle et que Curtis aurait disparu. Elle frissonna en imaginant sa poignée de main avec Charles Shepard – elle se tortilla même un peu sur la banquette du train ; Charles paraîtrait si grand à côté du mètre soixante-trois de Curtis.

« Bien sûr qu'on mesure la même taille, Curtis, s'était-elle agacée un jour, pieds nus devant le miroir d'une chambre à coucher, bien des années auparavant. Viens ici. Regarde-nous. »

Seulement, quand il avait fini par se poster à côté d'elle en chaussettes, un sourire embarrassé aux lèvres, Gloria avait compris son erreur : en réalité, il était plus petit qu'elle. Ils devaient avoir l'air ridicule tous les deux, chaque fois qu'elle portait ses talons hauts, et elle était la dernière à s'en être rendu compte.

« Bah, ce n'est pas si grave, chérie, avait-il dit. La différence est minime. Tu peux bien continuer à dire qu'on mesure la même taille, si tu préfères. ›

Assise bien droite dans le taxi qu'elle avait pris à sa descente du train, les sens en alerte, Gloria essaya de se forger une idée aussi précise que possible des êtres subtils résidant dans le décor qui défilait derrière sa vitre. Elle ne s'attendait pas à voir grand-chose, puisque la principale caractéristique de cette communauté était son dédain pour toute forme d'ostentation ; néanmoins, sa curiosité fut payée de quelques modestes récompenses. À un moment, entre deux élégants piliers de pierre, elle eut le temps d'apercevoir une allée de galets blanc bleuté d'une propreté et d'une majesté hors du commun, juste avant que se dresse une haie massive qui l'empêche de voir la maison à laquelle elle menait ; et, un peu plus tard, elle remarqua une enseigne portant l'inscription : Société historique de Cold Spring – autre vision qu'elle trouva fort satisfaisante.

La chapelle était plus petite que ce à quoi elle s'attendait – ce qui n'importait guère puisque les invités étaient très peu nombreux –, le mariage tout entier semblait organisé pour s'inscrire dans les cadres restreints de la modestie et de la dignité. Charles Shepard se trouvait à quelques mètres d'elle, sur le premier banc opposé au sien – il ne l'avait sans doute pas vue arriver. Gloria supposa que la femme mince aux épaules anguleuses assise à côté de lui était son épouse.

À cet instant, un orgue électrique émit une série de sons inégaux. Elle aurait dû se douter que Curtis Drake voudrait « conduire sa fille à l'autel », mais elle n'en fut pas moins choquée de les voir avancer côte à côte, la mine solennelle. Ils paraissaient trop petits, même pour un mariage en petit comité, et arboraient des expressions embarrassées rigoureusement identiques.

Une cigarette pendait des lèvres de Gloria, elle s'apprêtait à craquer une allumette quand, avec un vif sentiment de frustration, elle se souvint que l'on n'était pas censé fumer dans une église. Combien de temps durait ce genre de cérémonie, en général ?

Mais elle se retrouva bientôt dehors, le sourire aux lèvres, le regard fixé vers l'arrière d'une voiture pleine d'inconnus en route pour la demeure des Shepard : on pouvait encore espérer que cette journée se terminerait bien.

Depuis toujours – ou au moins depuis l'âge de huit ou neuf ans –, Gloria usait d'une petite astuce efficace, devenue une sorte de réflexe, pour s'accommoder des déceptions mineures de l'existence. Quand vous déchirez l'emballage scintillant d'un cadeau médiocre et mal choisi, si vous parvenez à vous persuader que c'est exactement le présent que vous attendiez, vous ne risquez jamais d'avoir une réaction inopportune, et il arrive même que vous finissiez par croire à votre mensonge.

— Oh, comme c'est joli, dit-elle, secrètement déçue, en découvrant la maison des Shepard – une petite maison en bois ordinaire coincée entre deux bâtisses plus belles et plus imposantes. Oh, quelle jolie maison, répéta-t-elle en descendant de voiture, pour s'en persuader, cette fois.

Le temps de la célébration était venu, Charles Shepard allait sans doute lui ouvrir les bras et déposer un baiser chaste sur sa joue.

Seulement, il y avait trop peu d'invités pour célébrer quoi que ce fût ; en fait, en dehors du joyeux petit groupe qui entourait les jeunes mariés, près de la table des alcools, il n'y avait presque personne. Et, même s'il l'avait voulu, Charles n'aurait pas pu lui ouvrir les bras, lorsqu'il traversa la pièce pour la rejoindre : il avait un verre dans chaque main.

— Je crains que mon épouse ne soit pas en mesure de se joindre à nous, lui annonça-t-il. Elle ne se sent pas bien, elle se repose à l'étage.

— Oh, je suis désolée. Était-ce la dame assise à côté de vous, à l'église ?

— Non, c'était ma sœur. Elle habite Riverhead. C'est curieux, ce n'est pas très loin d'ici, mais nous ne nous étions pas revus depuis des années.

— Votre famille est-elle de la région depuis plusieurs générations ?

— Des « générations », le terme me paraît un peu trop pompeux, répondit-il, aussi embarrassé que si elle venait de s'enquérir de sa situation financière ; mais oui, du côté de mon père, il me semble que nous sommes dans le coin depuis un moment. Ma mère, elle, était originaire de l'Indiana – ce qui casse un peu le schéma familial –, et mon épouse est de Boston.

— Je regrette vraiment beaucoup de n'avoir pas pu la rencontrer aujourd'hui ; votre épouse, j'entends.

— Oui, elle aussi le regrette. Beaucoup. Mais je ne doute pas que nous trouvions vite d'autres occasions de rencontres. Ne sommes-nous pas un peu de la même famille, désormais ?

Frappée par l'incroyable gentillesse de cette remarque qui lui réchauffa le cœur, Gloria le regarda s'éloigner vers un autre point de la pièce. Le froid ne tarda cependant pas à l'envelopper de nouveau quand Curtis Drake s'inclina devant elle, l'air gêné.

— Alors, Gloria ?

— Euh, bonjour...

C'était affreux. Elle savait qu'elle aurait dû dire « Curtis », mais ses lèvres refusaient de former le mot.

— Rachel n'est-elle pas ravissante ?

— Si, tout à fait.

— Elle l'a toujours été, bien sûr, mais il y a quelque chose dans l'allure d'une jeune fille, le jour de son mariage, qui émeut particulièrement. Qui rend très heureux, très humble ; et très fier.

— Oui. Oui, je sais.

Oh oui, c'était affreux ; mais cela aurait été bien pire si Curtis n'avait alors levé son verre de whisky en guise de salut désinvolte, avant de se détourner tristement pour aller se chercher un autre interlocuteur.

Ce n'est que lorsqu'elle retrouva le train crasseux et bringuebalant de New York que Gloria se rendit compte qu'elle retournait vers une maison vide. Sa fille était partie pour de bon, son fils ne rentrerait pas avant plusieurs mois et elle allait devoir affronter des jours et des jours de solitude, heure après heure, au milieu du silence, sans rien pour s'occuper.

6.

Pendant plusieurs jours, après l'attaque de Pearl Harbor par les Japonais, Charles Shepard fut terrassé de chagrin. Il n'avait pas encore cinquante ans, il savait que, sans ses problèmes de vue, l'armée l'aurait rappelé. Il effectua néanmoins un autre voyage prudent au sud de Manhattan pour se procurer une paire de lunettes plus puissantes dont on faisait la réclame, et demanda à être inscrit à la visite médicale de l'armée, mais n'eut pas plus de chance qu'auparavant lors de l'examen ophtalmologique.

Après cela, il fallut encore plusieurs jours avant qu'il se sente capable d'accorder toute son attention à l'autre idée qui germait dans un coin de son esprit depuis un moment : l'armée ne le reprendrait sans doute jamais – à moins que la situation ne s'aggrave au point qu'elle envisage de réviser ses critères de sélection médicaux –, mais il était presque certain qu'elle accepterait de prendre son fils. Evan était jeune, en bonne santé, intelligent et fort ; il ferait un excellent soldat, et remplirait certainement les conditions nécessaires pour suivre l'entraînement d'officier. Evan ne risquait pas d'embarquer trop tard pour cette guerre ; et en accédant au grade de lieutenant, voire de jeune capitaine, il justifierait l'existence de son père.

C'est dans cet état d'esprit que Charles descendit à Amityville, pour rendre sa première visite aux jeunes mariés dans leur nouveau foyer : un appartement étonnamment somptueux, aux murs couleur pêche.

— Dis-moi, Evan, quels sont tes projets ? demanda-t-il à son fils, sitôt que Rachel fut dans la cuisine. Comptes-tu t'engager ?

— Ben, oui, j'y pense. J'aimerais le faire, bien sûr. Seulement, je crois qu'il vaudrait mieux que j'attende un peu, le temps que Rachel se sente un peu plus... installée. Elle est enceinte, vois-tu. Nous l'avons découvert cette semaine.

— Oh. Dans ce cas, je suppose que cela va compliquer un peu les choses. Quoi qu'il en soit, l'armée veillera toujours à ce que le bébé et elle ne manquent de rien ; l'armée ne manque pas de générosité.

— Je sais, papa.

— Oui, bien sûr que tu le sais. Et je ne doute pas que tu prendras la meilleure décision possible, dit-il même s'il dut bien s'avouer qu'il était profondément déçu.

En venant, assis dans le taxi qu'il avait été obligé d'appeler parce qu'il ne pouvait pas davantage conduire une voiture que commander une compagnie de soldats, il croyait avoir toutes les raisons d'espérer de meilleures nouvelles.

— Du café, messieurs ? proposa Rachel, sortie de la cuisine avec un plateau chargé de tasses et de soucoupes colorées, prête à délivrer un petit discours sur le bonheur de se découvrir enceinte.

— ... Bien sûr, il reste la possibilité que je n'aie pas voix au chapitre, et que je sois incorporé d'office, continua Evan.

— Certes. Dans ce cas, ce serait une tout autre histoire, n'est-ce pas ? convint Charles, sentant son moral remonter un peu.

Une autre histoire qui pourrait se révéler presque aussi plaisante que la précédente : les appelés aussi pouvaient remplir les conditions nécessaires à intégrer l'école d'officiers.

Ce n'est qu'au moment de partir, plus tard dans l'après-midi, quand il les suivit hors du salon pêche pour traverser l'autre pièce couleur pêche qui menait à la porte d'entrée, que, tout en enfilant son manteau, Charles songea à poser une question qui se révéla embarrassante.

— Combien vous coûte ce logement, les enfants ?

Evan garda la tête baissée – une posture lâche et idiote que Charles ne lui avait plus vu adopter depuis des années –, et Rachel énonça le montant du loyer d'une voix guillerette, comme si c'était la chose la plus naturelle du monde.

— Oh, fit Charles, abasourdi. Ma foi, c'est un peu... extravagant, ne crois-tu pas ? Il me semble que c'est deux à trois fois le montant que tu pourrais te permettre de payer si tu avais toujours ce projet d'entrer dans une école d'ingénieurs, non ? C'est de la bêtise pure, Evan.

L'exaspération n'était sans doute pas de bon ton à l'issue d'une telle visite – Charles le savait bien –, toutefois, il était déterminé à ne pas partir tant que son fils ne l'aurait pas regardé d'homme à homme.

— Je pense que je peux me le permettre, papa, répondit Evan, la tête relevée et orientée dans la bonne direction, cette fois. Il se trouve qu'on aime beaucoup cet appartement. Tous les deux.

En mars, le centre d'incorporation dont dépendait Evan le convoqua pour une visite médicale.

Rachel essaya de se montrer brave pour faire comme les jeunes épouses des films mais, le matin du départ, quand vint le moment poignant de lui préparer son petit déjeuner, elle eut du mal à retenir ses larmes. C'était presque aussi émouvant que s'il était incorporé pour de bon, ou sur le point d'embarquer pour l'étranger.

En réalité, tout ce qu'il eut à faire, ce jour-là, fut de se tenir debout et de marcher nu comme un ver à travers un immense gymnase civil, parmi plusieurs centaines d'autres hommes cul nu, la poitrine barrée d'une série de chiffres écrits au rouge à lèvres et un petit sac en coton rempli de ses « effets personnels » pendant au cou. Tout se passa très vite, les médecins ne perdaient pas de temps, néanmoins Evan trouva le temps de se forger des tas d'images étonnamment séduisantes de la vie de soldat.

Il se sentait de taille à endurer les rigueurs et les humiliations de l'entraînement de base, présenté comme la période la plus rude ; il devinait qu'il apprendrait à aimer le poids, l'équilibre et la puissance de son fusil M-1, impeccable et bien huilé ; et tout le reste aussi : son casque, son sac de combat, sa ceinture à munitions, la cantine qui rebondirait contre sa fesse, les guêtres de toile qui recouvriraient ses bottines.

Il entendait presque les conversations et les rires gras qui s'élèveraient des baraquements, la sonnerie stridente qui marquerait la cadence de son peloton en route pour le champ de tir ; et il savait qu'il attendrait avec impatience chaque occasion de se défouler dans le bar ou l'hôtel d'un trou perdu, en compagnie de jeunes délurées de la campagne.

Il lui faudrait traverser l'océan dans un de ces navires militaires risiblement surchargés, puis supporter le long trajet en camion, l'attente, la marche sur des routes étrangères défoncées, le ventre creux, pour gagner le front ; et alors, il découvrirait enfin ce que signifiait le mot « combat », et cette idée-là aussi lui faisait envie.

— Shepard, Evan C. ?

On le fit sortir de sa rangée et revenir sur ses pas pour un examen plus approfondi de son oreille interne, après quoi, le médecin reprit place derrière sa table, s'empara d'un sandwich au salami entamé, et, de sa main libre, écrivit le code « 4-F » au stylo à plume sur un formulaire imprimé, avant de mordre une énorme bouchée de son casse-croûte. Encore un de ces hommes capables d'écrire en parlant : il nota une ou deux phrases sur le document, tout en lui expliquant de quoi il était question, sans lui laisser le temps de poser la moindre question.

— Tympans perforés, dit-il, postillonnant des miettes de pain. À votre place, je ne me donnerais pas la peine d'essayer la marine ou le corps des marines ; vous ferez gagner du temps à tout le monde. Personne ne vous prendra avec ces oreilles-là.

— Oh, Dieu soit loué, s'écria Rachel d'une voix pleine de reconnaissance, quand il lui apprit la nouvelle. Oh, je suis si heureuse et si soulagée ; pas toi ?

Ignorant comment répondre à cette question – « Euh, peut-être ; peut-être pas ; oui et non » –, il ne répondit pas. Il s'ouvrit une bière fraîche et s'assit avec, sachant qu'il allait avoir besoin d'un peu de calme pour réfléchir à tout cela. Il regarda autour de lui et eut l'impression que leur grand appartement avait rétréci. Et qu'il ressemblait étrangement à celui d'Huntington, quand il vivait avec Mary Donovan, bien des années auparavant ; sauf que le loyer de celui-ci était trois fois plus élevé.

— Tu ne vas pas téléphoner à ton père, chéri ?

Elle avait commencé à l'appeler « chéri » une semaine ou deux avant le mariage ; au début, il avait trouvé cela charmant, mais, ces derniers temps, il se demandait si elle n'exagérait pas un peu.

— Non, pas tout de suite. Je l'appellerai tout à l'heure.

— D'accord. Je suis trop impatiente de le dire à ma mère, moi, et je vais appeler papa, aussi.

Elle fila jusqu'au téléphone, à l'autre bout de la pièce.

— Non, attends, dit-il d'une voix assez sèche pour qu'elle s'arrête net et face volte-face.

— Mais ils seront si contents, Evan.

— Assieds-toi, veux-tu. Assieds-toi. Assieds-toi.

On aurait dit un maître agacé par son chien et, néanmoins, elle obéit.

S'il avait osé parler ainsi à Mary Donovan, elle aurait mis les poings sur ses hanches et l'aurait envoyé se faire voir. La différence entre la jeunesse et la maturité : jeune, il avait dû affronter une fille fière et rancunière ; adulte, il avait gagné le droit d'avoir une épouse aussi placide que celles des autres hommes.

Sauf qu'en ce moment, à travers le monde entier, ces hommes-là disaient au revoir à leurs épouses. Ces hommes-là étaient en route pour participer à une aventure des plus périlleuses dont ils ignoraient – et se moquaient de savoir – le temps qu'elle durerait. S'ils n'étaient sans doute pas prêts à mourir, ils étaient tous conscients de l'éventualité de leur mort, et c'était ce qui les porterait à chaque instant de veille.

Lorsque ces hommes-là – ou au moins la plupart d'entre eux – rentreraient à la maison, ils auraient un avantage très net sur Evan Shepard. Ils le jugeraient pour un moins que rien, comme ces policiers qui l'avaient gardé une nuit au poste pour lui apprendre. Et s'ils se donnaient la peine de lui parler, ce serait toujours avec une condescendance appuyée et, le plus souvent, en affichant leur indifférence totale à ce qu'il avait à dire en retour. Et quelles que puissent être un jour les instances de paix mises en place à travers le monde, elles lui sembleraient toujours là à seule fin de l'exclure.

De sorte qu'une chose était claire : il avait intérêt à avoir changé de situation d'ici la fin de la guerre. Evan Shepard serait foutu si, le moment venu, il pointait encore à l'usine, se promenait toujours avec son Thermos de café et son sac de déjeuner en papier, et accomplissait les mêmes tâches abêtissantes et subalternes du matin au soir avant de retrouver son appartement au loyer exorbitant, au volant d'une épave roulante.

Il allait falloir agir, et vite ; mais, avant tout, il devait appeler son père.

Charles répondit de la cuisine, où il préparait le dîner.

— Oh... c'est... c'est vraiment trop bête, Evan. Je devine ta déception, et je suis désolé pour toi... Les tympans perforés. Hum... c'est sans appel. L'hypothèse des médecins, vois-tu, est que tu risques d'être plus susceptible d'attraper toutes sortes d'infections mineures, et l'armée n'aime pas assumer ce genre de responsabilité.

Dieu du ciel, et combien d'autres responsabilités ne s'était-elle pas donné la peine d'assumer ? Celle du garçon qui n'arrivait pas à croire que la Première Guerre mondiale était terminée ? Celle de cette jeune femme qui n'arrivait pas à dormir à Fort Deven, ni à Fort Dix, ou à Fort Benning ou à Fort Meade ?

Mince alors, l'armée était vraiment une garce, une salope, une pute ! L'armée se foutait d'être aimée ou non.

Charles fut obligé de poser le téléphone une minute

pour aller retourner les deux côtes de porc qui grésillaient sur le gril, et baisser le feu sous la casserole de pommes de terre dont l'eau bouillait déjà ; ce qui lui donna le temps de songer à quelques paroles encourageantes.

— Bon, écoute, Evan, dit-il, quand il eut repris le téléphone, il faut voir le bon côté des choses. Les universités vont devenir plus accessibles, maintenant, et cela, aussi longtemps que durera la guerre. Ils vont faire leur possible pour attirer des étudiants, et j'imagine qu'ils devront se montrer plus libéraux en matière d'attribution des bourses, et pour le reste. Si j'étais toi, je m'intéresserais sérieusement aux écoles d'ingénieurs, et je ne me laisserais pas distraire de mon objectif.

Ce n'est qu'arrivé à ce stade qu'il se rappela que Rachel était enceinte – peut-être l'homme avait-il besoin d'entendre encore et encore ce genre particulier de nouvelle avant de finir par l'intégrer –, et qu'il comprit combien ses arguments en faveur des études étaient vains. Un étudiant marié à un petit bout de femme dynamique, passait encore ; mais un étudiant avec femme et enfant à charge ?

Ne se sentant pas encore prêt à abandonner, il développa tout de même son idée jusqu'au bout.

— Il me semble que la première chose que vous devriez faire, Rachel et toi, serait de trouver un appartement moins cher, pour vous soulager un peu de ce poids financier ; et ensuite, d'ouvrir un compte d'épargne et de mettre tout ce que vous pourrez de côté, mois après mois. Je crois que tu te rendras compte que ce n'est pas une conduite si difficile à tenir, Evan, tant que tu te montres prudent et que tu ne perds pas de vue ton objectif...

Avant même d'avoir terminé sa phrase, Charles sentit

sa voix fléchir. Il détestait ces formules creuses d'entraîneur sportif ; il n'était même pas sûr que l'admonition ridicule : « Ne perds pas de vue ton objectif » devrait être utilisée ailleurs que dans une comédie pour les enfants ; il en voulait à Rachel d'être enceinte ; et plus il y pensait, plus cette histoire de tympans perforés l'affligeait. Le monde était si foutrement tordu, parfois.

La veille, il avait lavé les fenêtres de la cuisine à grande eau, et ce soir, l'une des grandes vitres noires lui renvoyait le reflet sans concession d'un homme étrangement vieux et émacié, qui arborait la même mine désemparée depuis l'enfance. Il aurait pu s'attarder devant la fenêtre, pour prolonger cette petite séance complaisante d'autoflagellation, mais il y avait des tâches plus urgentes à accomplir. Il fallait écraser les pommes de terre, équeuter les haricots verts, découper les côtes de porc et prévenir Grace que le dîner était prêt.

Il était sur le point de sortir sur la véranda quand il songea que Grace s'exclamerait sans doute : « Oh, mon Dieu, c'est merveilleux » ou : « Oh, c'est fantastique » en apprenant qu'Evan avait été réformé. Et il ne se trompait pas ; elle prononça ces deux phrases.

L'émission de radio préférée de Rachel était une dramatique hebdomadaire intitulée *Rencontres dans la vallée de la Mort*[1].

— Parce que, vois-tu, ce ne sont pas seulement des histoires de cow-boys, expliquait-elle. C'est une pièce radiophonique de très grande qualité, elle est très bien écrite et les interprètes sont toujours très bons. Je me demande comment ils parviennent à maintenir ce niveau d'excellence, semaine après semaine.

1. *Death Valley Days*. (N.d.T.)

Rencontres dans la vallée de la Mort débutait à sept heures du soir – l'heure du dîner chez les jeunes Shepard d'Amityville ; ce jour-là, il n'y avait donc pas de place pour la conversation à leur table, on se nourrissait sobrement en écoutant la petite Philco en plastique que le père de Rachel avait offerte à sa fille pour son seizième anniversaire.

Si, semaine après semaine, Evan trouvait que ces récits ressemblaient en tous points à des histoires de cow-boys, il n'avait pas mis longtemps à décider que cela n'avait aucune importance. Tous les mariages devaient pouvoir bénéficier d'un occasionnel embargo sur la parole. Et puis, il en était venu à comprendre que Rachel était le genre de fille à dépendre de ces petits rituels bien installés ; et d'avoir réussi à identifier ce trait de caractère spécifique le rendait fier de sa capacité à éprouver une réelle tendresse pour quelqu'un.

Par un soir d'avril, après un dernier échange laconique entre cow-boys et quelques hennissements évocateurs, Rachel éteignit la radio sans attendre la musique qui clôturait l'émission.

— Ce n'était pas leur meilleur, n'est-ce pas ?

Elle débarrassa la table à la manière d'une serveuse aguerrie, crânant un peu pour souligner l'adresse et la grâce avec lesquelles elle s'exécutait, puis porta un café à son mari jusqu'au canapé baigné d'un éclairage plus doux, et prit place à ses côtés avec sa propre tasse, une cigarette allumée pendant bizarrement de ses doigts, comme si elle ne savait pas vraiment quoi en faire. C'était un des moments de la journée qu'Evan attendait avec le plus d'impatience, chaque jour passé dans le tapage et la lumière implacables de l'usine de machines-outils.

— Il y a une chose dont il faudrait que je te parle, chéri ; parce que j'ai promis de le faire, lui dit Rachel.

Seulement, avant tout, je veux que tu saches que, si l'idée ne te plaît pas, nous ne serons pas obligés d'en discuter davantage. Nous n'aurons qu'à tout oublier sur-le-champ, d'accord ?

— Oui, d'accord, mais attends un peu.

Il lui coula un de ces longs sourires tendrement taquins qui commençaient à la rendre nerveuse.

— As-tu remarqué ce que tu fais ? Tu ne cesses de répéter les mêmes petites phrases.

— Ah oui ? fit-elle, troublée. Lesquelles ?

— « Seulement, avant tout, je veux que tu saches que » et « si l'idée ne te plaît pas », pour ne prendre que deux exemples, je pourrais t'en donner un tas d'autres.

— Oh. C'est sûrement très... ennuyeux à entendre...

— Allons, chérie, je n'ai jamais dit que cela m'ennuyait. Ai-je prononcé le mot « ennuyeux » ?

Craignant soudain qu'elle ne prenne tout cela trop à cœur, il lui ébouriffa les cheveux ; un geste léger qui n'eut pas l'effet escompté puisqu'elle revenait de chez le coiffeur et ne voulait pas être décoiffée.

— N'est-ce pas le genre de chose que tout le monde fait ? reprit-elle, après avoir esquivé et repoussé sa main. Développer des tics de langage, j'entends ? Toi aussi tu en as.

— Arrête, c'est idiot. Tu es en train de...

— Mais c'est la vérité, Evan. Toi aussi, tu en as. Tu dis toujours que tu as un « avantage très net », jamais « évident », ou « certain », ou « décisif »... Et tu dis souvent « nan » au lieu de « non », et tu dis toujours... Tu dis...

Ce qu'ils répétaient souvent, l'un ou l'autre, n'avait déjà plus la moindre importance : ce n'était plus le moment de parler. Leurs tasses en sûreté sur la table basse et leurs cigarettes écrasées à la va-vite, les jeunes Shepard d'Amityville s'embrassaient.

Au début, le canapé fit une couche convenable, mais très vite Evan repoussa la table du pied et aida son épouse éperdue à glisser sur le tapis.

— Oh, Evan, souffla-t-elle. N'arrête pas, Evan.

— Je ne vais pas arrêter, chérie, tu sais que je n'arrête jamais.

Et, si fugitive que fut cette pensée, une chose était claire pour elle comme pour lui : l'intimité que leur offrait ce grand appartement pêche mériterait toujours qu'ils la paient le prix fort, tant qu'ils pourraient continuer à s'envoyer en l'air sur le tapis.

Plus d'une heure après, alors qu'ils étaient assis dans leur lit avec deux bouteilles de bière, Rachel aborda la question dont ils devaient discuter. Elle lui annonça qu'il y avait une maison à louer à Cold Spring, assez grande pour que le bébé ait une chambre à lui, et un tiers moins chère que ce qu'ils payaient actuellement ; sauf qu'il y avait un hic.

— Tu sais que tu es étonnante, toi ? Comment l'as-tu trouvée ?

— Attends un peu, j'y viens. Le hic, c'est qu'on ne serait pas totalement seuls. Il faudrait qu'on partage la maison, vois-tu. Il faudrait partager la maison avec... deux autres personnes.

— Ah ?

Evan fronça les sourcils et commença à arracher l'étiquette de sa bouteille de bière, dubitatif.

— Bon, mais ce n'est pas nécessairement une mauvaise chose, si ? Tu connais les deux autres personnes ?

— J'y viens. Laisse-moi finir, veux-tu ?

Elle prit une profonde inspiration.

— Le fait est que c'est une idée de ma mère : que nous partagions la maison avec elle... et avec mon frère, aussi, quand il rentrera pour les vacances.

Evan résuma toute sa déception en une syllabe.

— Oh.

— Je t'avais prévenu que ça ne te plairait sans doute pas, Evan. N'ai-je pas été claire dès le départ ? Oublions tout ça, si tu préfères.

Néanmoins, une minute plus tard, comme si la question était toujours intacte et trop présente pour être oubliée, elle reprit :

— Je regrette juste...

— Tu regrettes juste quoi ?

— Oh, c'est juste que je regrette de devoir l'appeler demain pour lui donner cette réponse, voilà tout. Elle prend tout tellement à cœur. Elle va se sentir « blessée ». Elle meurt d'envie de vivre à Cold Spring, et elle ne pourra jamais se permettre de prendre cette maison seule, alors elle va se sentir blessée, c'est certain ; sans compter qu'elle en est venue à le voir comme un geste généreux de sa part : elle pense nous accorder une immense faveur, vois-tu, alors elle sera doublement « blessée ». Elle est insupportable. C'est ma mère et je l'aime, mais elle est tellement...

— Je sais, chérie, répondit Evan d'une voix douce.

— Mon Dieu, et voilà que je continue à en parler alors que j'avais promis que je n'insisterais pas. Je suis désolée, je suis vraiment désolée.

— Ce n'est pas grave. Tu peux en parler, ça ne me dérange pas.

— Elle est tellement... folle, tu sais. Je suis sérieuse, Evan. Elle a toujours été un peu folle. Je ne veux pas dire qu'elle mériterait d'être internée dans un asile d'aliénés, mais elle est cinglée. Je l'ai vue faire ça toute ma vie : débarquer avec un nouveau projet de déménagement chaque année, et je crois qu'elle s'imaginait sincèrement nous rendre tous plus heureux, chaque fois. C'est dingue, non ? Oh, et elle ne cessait de répéter que mon père était un lâche parce qu'il n'avait pas progressé dans la vie, ça aussi, c'était dingue.

Tout en s'écoutant parler, Rachel prenait peu à peu conscience qu'il y avait quelque chose d'universel dans le plaisir qu'elle prenait à dénigrer sa mère. Peut-être les garçons éprouvaient-ils la même chose vis-à-vis de leurs pères. Ou même, tous les enfants sans cesse écrasés par leurs parents, une fois adultes. De s'en rendre compte ne l'empêcha toutefois pas de poursuivre, comme pour voir jusqu'où elle était capable d'aller.

— ... et puis, il y a son odeur.

— Quelle odeur ?

— Elle ne sent pas très bon. Je sais que c'est affreux de dire une chose pareille, mais c'est la vérité. Peut-être qu'elle ne se lave pas assez souvent, ou qu'elle oublie de se savonner quand elle le fait, mais d'aussi loin que remontent mes souvenirs, j'ai toujours redouté de me retrouver trop près d'elle. Et tu sais le plus drôle ? Je n'en avais jamais parlé à quiconque avant ce jour.

— C'est bien, alors. J'aime bien qu'on se raconte des choses, toi et moi.

— Elle sent un peu la tomate pourrie, continua Rachel d'une voix hésitante, faisant un effort visible pour trouver une comparaison plus précise. Ou plutôt, la mayonnaise rance.

Mais le plaisir de dénigrer sa mère se dissipait déjà – peut-être était-il impossible de le faire durer très longtemps –, et, de toute façon, elle avait envie de revenir sur la remarque inattendue de son mari : « J'aime bien qu'on se raconte des choses, toi et moi. »

N'était-ce pas le rôle de la femme, et non celui de l'homme, que d'afficher sa vulnérabilité sans honte ? Le regard d'Evan, encore attendri par ses paroles, la fit tressaillir. Elle l'aurait sans doute félicité, ou remercié d'une manière ou d'une autre, s'il n'avait pas été le premier à s'exprimer de la sorte.

— Comment ta mère a-t-elle trouvé cette maison, à ton avis ?

— Bah, sans doute en lisant une annonce dans un journal : elle lit toujours la rubrique « immobilier ». Elle a passé sa vie à écumer les rubriques « immobilier ».

— C'est quand même bizarre, une si grande maison à un prix si raisonnable ? Et meublée qui plus est.

— D'après elle, le mobilier ne se résume pas à grand-chose, mais il est d'assez bon goût. Oh, et c'est amusant, Evan, elle m'a dit que la maison était très « bien située » : je crois qu'elle entend par là qu'elle n'est pas trop éloignée de celle de tes parents. Quand même, tu ne trouves pas ça... embarrassant, ce béguin qu'elle a pour ton père ?

— Hum, un peu.

— Bref, j'ai noté l'adresse et le nom de l'agent immobilier, mais tu n'es vraiment pas obligé de...

— Ça vaut peut-être la peine d'y jeter un œil, dit Evan. Nom d'un chien..., pouffa-t-il avec une moue désabusée, mon père va *adorer*, tu ne crois pas ?

Le mot « délabré » s'imposa à Rachel à l'instant où ils descendirent de voiture et avancèrent vers la maison qui comblait tous les espoirs de sa mère : une longue bâtisse de deux étages, faite de planches de bois peintes en blanc et surmontée d'un toit en bardeaux goudronnés. Elle ressemblait en tous points à ces maisons construites avec des matériaux bon marché qu'on voyait un peu partout dans le village, à ceci près que sa forme anguleuse était adoucie par le désordre de buissons et d'arbres qui la dissimulaient par endroits.

— Et elle est très spacieuse, précisa l'agent immobilier, glissant le trousseau de clés dans sa poche et s'écartant pour laisser passer le jeune couple.

Les murs intérieurs avaient un aspect artisanal – il s'agissait de grands panneaux de carton d'isolation gris fixés sur des cadres en bois dont dépassaient des têtes de clous – mais comme ils étaient identiques à ceux de la maison des parents d'Evan, Rachel décida de ne pas y prêter attention.

L'endroit était effectivement très spacieux. Le rez-de-chaussée à lui seul paraissait assez grand pour que deux couples y cohabitent sans avoir à se croiser ; et avec l'étage en plus, cette impression de possible intimité devenait très convaincante.

Leur chambre, avec la petite pièce attenante qui pourrait servir de chambre au bébé, avait tout d'un appartement indépendant. Elle avait de grandes fenêtres de part et d'autre et une petite cheminée qui convoqua d'intenses visions érotiques dans l'esprit de Rachel. Ils pourraient faire l'amour sur le tapis, devant un feu de bois quand bon leur semblerait, éclairés par le jeu d'ombres et de lumières des flammes qui accentuerait chaque mouvement subtil de leur passion.

— J'aime bien la cheminée, dit-elle à Evan, pas toi ?

— Si, c'est un avantage certain.

— Tu veux dire un avantage « très net », rétorqua-t-elle.

En réponse, il la gratifia d'un clin d'œil et la prit dans ses bras, tandis que l'agent immobilier détournait discrètement les yeux.

Et Rachel se souviendrait toujours que ce furent cette cheminée et son joli petit tapis qui les convainquirent d'accepter la proposition de sa mère.

7.

Lorsque Philip Drake termina sa première année à Irving School, il y avait un trou de la taille d'une pomme à la manche de sa veste de tweed, au niveau du coude. Il n'avait pas pu la faire repriser car c'était son unique veste, et ce petit tracas n'était qu'une infime goutte dans l'océan d'un désespoir plus général.

« Ah, Drake, tu es sans espoir », lui répétait-on en vain, le plus souvent avant de lui faire subir une humiliation publique plus cuisante que la précédente. Depuis son arrivée un peu trop bavarde et tapageuse, il n'avait jamais réussi à éviter le ridicule, et chacun savait ce qu'un imbécile était voué à endurer en classe préparatoire. Durant tout l'automne et l'hiver, il toucha le fond ou presque, en ayant conscience – et c'était là le pire – qu'il était l'unique responsable de cette situation : il l'avait bien « cherché », ainsi que ses compagnons étaient toujours prompts à le lui faire remarquer.

Le printemps apporta de petites améliorations surprenantes : les humiliations publiques devirent moins fréquentes et il réussit même à se faire deux ou trois amis respectables. Il avait donc des raisons d'espérer que sa seconde année se passerait mieux (« l'année prochaine » était toujours la promesse de jours meilleurs pour un étudiant), mais, avant cela, il lui faudrait endurer tout un été à la maison – or, pour Phil Drake, « la maison » était devenue un territoire aussi vague et menaçant que le dortoir où il avait fait son entrée souriante et empotée au mois de septembre.

Il aurait préféré retourner dans le dernier appartement de sa mère ; celui d'Hudson Street, avec sa peinture écaillée, ses portes qui fermaient mal et ce miroir bien lisse dans lequel il guettait les signes d'une maturité tardive ; l'endroit n'était pas folichon, mais au moins il était familier. Tout ce qu'il savait de Cold Spring, c'était qu'il ne pourrait sans doute plus compter sur sa sœur – désormais mariée et enceinte – et qu'il devrait s'accommoder de la présence de l'inconnu taciturne et intimidant qu'elle avait épousé.

Après le chemin de fer lisse et silencieux de la Nouvelle-Angleterre, le train bringuebalant et tonitruant de Long Island était une véritable agression pour les nerfs. Impatient que ce voyage se termine enfin, Phil se posta dans l'allée, sa valise pendant mollement de sa main, avant même que le contrôleur n'annonce « Cold Sp'ng » – aussi prêt qu'il pouvait espérer l'être.

— Philly ! s'écria sa mère, accourant de l'autre bout du salon d'une longue maison bizarrement construite. Oh, tu as une mine resplendissante. Laisse-moi m'abreuver de cette vue.

En temps normal, elle n'aurait souhaité se repaître de sa vue qu'après avoir bu plusieurs verres, mais il paraissait encore tôt pour cela – à moins qu'elle n'ait pris l'habitude de commencer à boire dès le matin depuis son installation à la campagne.

— Qu'est-il arrivé à ton manteau, chéri ?

— Pardon ?

— Ta jolie veste en tweed. Elle a l'air toute... lustrée.

— C'est qu'elle est très sale, vois-tu. Quand tu n'en as qu'une, tu ne peux pas la faire nettoyer, parce que tu es supposé la porter toute la journée.

— Tourne-toi.

C'est alors qu'elle découvrit le trou au coude.

— Oh, quel dommage. Bon, tu sais ce qu'on va faire ? On va la faire nettoyer à sec immédiatement, et je vais demander à ce qu'on te couse deux jolies pièces de cuir sur les coudes. Qu'en dis-tu ?

Réussissant presque à dissimuler sa lassitude, il répondit que ce serait parfait.

— Rachel brûle d'impatience de te voir. Elle est alitée, à l'étage. Rien de sérieux. C'est à cause de sa grossesse : juste une petite complication, le médecin veut qu'elle se repose quelques jours. Bon. Apporte ton sac, je vais te montrer ta chambre... oh, j'espère tant qu'elle te plaira, chéri ; à l'instant où j'ai posé les yeux dessus, je me suis dit, « C'est la chambre qu'il faut à Philly. »

Les murs de la cage d'escalier étaient faits du même carton d'isolation que le reste de la maison ; il supposa que c'était une technique de construction économique qu'on employait à Long Island.

— ... Elle est bien, oui, dit-il de sa chambre. Je veux dire : vraiment très jolie.

— Oh, je suis si contente qu'elle te plaise. Et tu as vu ce grand placard ? Et, attends... regarde, tu n'as qu'à traverser le couloir, et voilà ma chambre.

Une fois encore, il entra dans la pièce, jeta un coup d'œil circulaire et lui assura que tout était très joli. Puis elle l'entraîna à l'autre bout du couloir et s'arrêta devant une porte vitrée occultée par un rideau à pois.

— Attends, chéri. Elle dort peut-être, je vais vérifier.

Elle écarta le rideau de l'index et regarda à l'intérieur.

— Oh, magnifique, elle est réveillée.

Elle tapa à l'un des carreaux.

— Rachel ? Ton frère adoré est à la maison. Il peut entrer ?

— Bien sûr qu'il peut entrer.

Il trouva sa sœur relevée contre ses oreillers, la main tendue pour poser ce qui ressemblait à un roman policier. Rachel remonta les couvertures pour dissimuler son gros ventre, mais il eut le temps de l'apercevoir quand elle leva les bras pour le serrer contre elle – il paraissait incroyablement gros et encombrant sous le fin tissu de sa chemise de nuit.

— Approche cette chaise et assieds-toi près de moi, Phil. Oh, ça fait si longtemps que je ne t'ai pas vu.

Elle voulut « tout » savoir de son année scolaire, aussi lui en fit-il un bref compte-rendu, soigneusement expurgé, laissant entendre qu'il s'était plutôt bien amusé et concluant par une anecdote supposée la faire rire. Leur mère resta un instant à l'entrée de la chambre, le sourire aux lèvres, comme si elle espérait être associée à leur conversation, puis finit par redescendre.

— ... Oh, ce n'est rien, disait Rachel à propos de sa maladie. Juste une petite infection urinaire désagréable, mais mon médecin veut que je reste alitée jusqu'à ce qu'il ait récolté une pleine étagère de prélèvements. Il a commencé par me donner des pilules rouges pour que les urines soient bleues, et ainsi de suite. Et ne va pas t'imaginer qu'il s'arrêtera tant qu'il n'aura pas toutes les couleurs de l'arc-en-ciel. Non, franchement, je vais bien. Je ne me suis jamais sentie aussi bien de toute ma vie.

Et, à voir son visage radieux, il n'eut aucun mal à la croire. Il remarqua aussi que des changements subtils s'étaient opérés en elle, cette dernière année : elle paraissait plus mûre, et plus belle ; il se demanda si toutes les filles se métamorphosaient de la sorte quand elles commençaient à coucher.

— C'est une belle chambre, dit-il, elle est grande.

— Ça oui.

Il se leva et remit la chaise à sa place, contre le mur.

— Ma chambre est jolie, elle aussi, reprit-il. J'imagine que cette maison est une affaire. Comment l'a-t-elle trouvée, d'après toi ?

— Oh, ma foi...

Rachel le gratifia d'un clin d'œil appuyé.

— C'est sans doute plus facile quand tu as passé ta vie à lire les annonces immobilières, tu ne crois pas ?

Les jeunes Drake ne s'autorisaient que rarement à sourire ou à échanger des clins d'œil complices aux dépens de leur mère – et oser davantage leur aurait paru un sacrilège –, même s'ils soupçonnaient qu'ils gagneraient beaucoup à se laisser aller, un jour. Ils seraient peut-être alors capables d'aborder la question de son odeur, entre autres.

— Non, mais le principal problème ici, c'est l'humidité. Tu l'as déjà remarqué ? Cette maison est gorgée d'eau. Nous ne nous en sommes rendu compte qu'après avoir emménagé ; il n'y a pas moyen d'y échapper. Et Evan déteste les maisons humides.

De retour dans sa chambre, en défaisant sa valise sens dessus dessous, Phil commença vaguement à ressentir cette humidité – le léger relent de moisi dans l'atmosphère –, toutefois, il était convaincu que c'était loin d'être le principal défaut de cette maison, et sa sœur le savait. Le principal problème, ici, la chose à laquelle il n'y avait pas moyen d'échapper, ce qu'Evan détestait plus que tout dans ce bel arrangement, c'était la présence de Gloria Drake.

N'ayant rien de mieux à faire, il descendit et resta assis une demi-heure dans un profond fauteuil du salon, puis, sans aucune raison, dans un autre fauteuil. Il supposait que sa mère était dans la cuisine et espérait qu'elle y resterait, même s'il devait s'y trouver de quoi boire à volonté. Il avait du mal à croire qu'il avait connu des moments, à Irving, où il s'était langui de la maison et où sa mère lui avait autant manqué que lorsqu'il avait sept ou huit ans.

Le vieux chat arriva tranquillement du couloir.

— Hé, te voilà, Perkins ; viens donc me voir.

Il souleva l'animal de terre et le laissa pendre entre ses deux mains, le temps de se caler dans son fauteuil et de replier ses jambes sous lui, comme le font souvent les enfants ; alors seulement, il approcha le chat de son visage et l'embrassa sur la truffe.

Quand il releva les yeux, Evan Shepard était dans la pièce et l'observait.

Il lâcha aussitôt le chat et bondit sur ses pieds, les jambes un peu fléchies.

— Oh, salut, Evan. Je disais bonjour à mon chat... Comment vas-tu ?

Même leur poignée de main fut lamentable : Evan referma si brusquement la sienne sur celle de Phil, qu'il ne lui serra que le bout des doigts – ce qui dut lui donner l'impression d'empoigner la main d'une fille.

— Content de te voir, Phil. Comment s'est passée... ton année ?

— Oh, bien, merci.

Ils s'observèrent un instant, sans bouger. C'était la première fois que Phil voyait Evan dans sa tenue d'ouvrier : une chemise, un pantalon de sergé sombre, et un badge avec son nom clipsé à sa poche de poitrine gauche. Il eut presque envie de s'excuser d'étudier dans une école privée.

— Bon. On se voit plus tard, alors, reprit Evan, inclinant la tête en guise d'excuse, avant de se replier à l'étage.

Dès les premiers jours de cette cohabitation artificielle, le dîner s'imposa comme l'événement le plus oppressant de la journée. Avant qu'ils ne prennent place, en raison de la chaleur exceptionnelle de ce mois de juin, Rachel déposait sur la table un petit ventilateur vrombissant dont les lentes pales emprisonnées derrière un grillage envoyaient de vagues courants d'air chaud sur la vaisselle.

— Oh, comme c'est agréable de se retrouver ici, disait souvent Gloria, juste avant de passer à table.

Et il suffisait à Phil de jeter un coup d'œil dans sa direction pour lire sur son visage qu'elle était terrifiée à l'idée qu'une fois encore ce dîner ne serait meublé par d'autre son que celui de sa voix. À deux reprises, durant la première semaine, elle ajouta au malaise général en déclarant de but en blanc :

— Eh bien, moi qui croyais que le dîner était un moment privilégié pour la conversation.

Ce soir-là, même son fils n'eut pas le courage de la regarder.

Evan Shepard levait rarement le nez de son assiette, y compris pour répondre aux questions de sa femme ; sa solide concentration suggérait que manger, au même titre qu'accomplir sa journée de labeur ou éduquer ses enfants, était une de ses obligations d'homme en ce monde. Quand il ne se servait pas de ses deux mains pour couper sa viande ou y planter sa fourchette, son gros avant-bras au repos occupait toujours la même place : calé contre le bord de la table, poing mou pendant vers le bas ou main refermée sur une tranche de pain de mie pliée en deux ; une posture que Phil trouvait intéressante : c'était la manière dont les héros ouvriers mangeaient dans les films. Il avait tenté de l'imiter à plusieurs reprises, mais il manquait de naturel et se sentait vite mal à l'aise. L'une des choses les plus futiles que lui avait enseignée Irving à son insu, c'était qu'un élève de classe préparatoire était censé manger un coude planté sur la table et une main pendant mollement du genou, à l'abri des regards. C'était la position qu'il reprenait sans cesse, sans s'en rendre compte ; il ne fallait pas s'étonner que les écoles préparatoires passent pour des repaires de collets montés.

— Chéri ? s'enquit Rachel. (Phil était toujours surpris de l'entendre prononcer ce mot comme s'il s'agissait du prénom de son mari.) La salade est-elle à ton goût ou voudrais-tu que j'essaie un nouvel assaisonnement ?

— Je l'aime comme ça, répondit Evan, la bouche pleine et les lèvres luisantes d'huile d'olive. Elle est bonne, lui assura-t-il, sans la regarder pour autant.

Un soir, le dîner fut plus court et moins tendu que de coutume – ou empreint d'une tension d'un genre nouveau. Après plusieurs reports courtois, les parents d'Evan avaient fini par accepter leur invitation à boire un digestif en leur compagnie. La table venait d'être débarrassée et les assiettes empilées quand la sonnette retentit. Gloria courut ouvrir la porte et se retrouva face à un Charles souriant, mais seul.

— Je crains que mon épouse ne soit un peu fatiguée, dit-il, mais elle m'a fait promettre de l'amener la prochaine fois ; un après-midi, plutôt, si cela vous convient.

— Oui... bien sûr, répondit-elle, tant que... vous respectez votre promesse.

De retour dans la cuisine, où sa nervosité lui fit lâcher deux glaçons par terre, Gloria décida que l'absence de

Grace Shepard ne la dérangeait pas vraiment : la présence de Charles suffirait à faire de cette soirée un moment exceptionnel – qui allait juste nécessiter qu'elle adopte un plan particulier. Il fallait toujours avoir un plan pour faire face aux situations difficiles à contrôler, ou votre plus petite chance de bonheur risquait pour de bon de vous échapper.

Il discutait de choses et d'autres avec les jeunes Shepard quand elle revint avec le plateau des alcools qu'elle déposa sur la table basse avec un petit air cérémonieux – ou plutôt : il laissait les jeunes Shepard lui faire la conversation tandis qu'il évoluait sur le tapis, admirant des objets que ses yeux ne lui permettaient sans doute plus de voir.

— C'est une bien jolie maison que vous avez trouvée là, Gloria, dit-il. Très confortable.

— Mais très humide, avoua-t-elle d'emblée, pour lui prouver qu'elle n'aurait jamais songé à lui dissimuler ce point essentiel. C'est son principal défaut. Enfin, nous espérons tous que la sécheresse estivale fera la différence. J'ai bon espoir que oui, pour ma part. Qu'est-ce que je vous sers, vous tous ?

Il y avait du gin, du whisky, et même une bouteille de bière que Phil pourrait cajoler ; de sorte que leur petite assemblée ne tarda pas à s'éclairer d'une étincelle de bonne humeur.

— Je commençais presque à croire qu'on ne vous verrait plus, Charles. Cherchiez-vous à nous éviter ?

Elle savait que cette sortie pourrait paraître indélicate, voire imprudente, mais elle faisait partie intégrante de son plan. Aller droit à la racine de l'inconfort social et la mettre à nu était une technique qui se retournait toujours en votre faveur. Si votre interlocuteur se trouvait parfois dans l'embarras, il ne tardait jamais à apprécier votre candeur. L'atmosphère s'en trouverait purifiée.

Charles lui assura qu'il comptait passer les voir depuis des semaines – de même que Grace, bien entendu –, il n'arrivait pas à croire que le temps ait filé si vite, il espérait ne pas s'être montré grossier.

Et, de fait, sa gêne disparut aussitôt : ses excuses présentées, il s'affaissa dans son fauteuil, visiblement soulagé.

— ... Evan vous a-t-il parlé de l'usine, Charles ? s'enquit Rachel, dont le jeune visage rayonnait de la fierté solennelle d'appeler son beau-père par son prénom.

Il répondit que oui, Evan lui avait annoncé l'excellente nouvelle ; une nouvelle dont ils débattirent alors, la révélant par là même aux autres. Evan était pressenti pour le poste de « chef du contrôle des pièces », une responsabilité qui s'ajouterait à son travail de machiniste ; s'il obtenait ce poste, son salaire augmenterait de manière assez substantielle pour lui rendre l'école d'ingénieurs plus accessible.

Gloria murmura son approbation et les félicitations de rigueur, sans grande conviction. « Chef du contrôle des pièces » : un titre ni moins misérable, ni moins ennuyeux que tous ceux qu'il pourrait décrocher dans une usine ; d'ailleurs, même « ingénieur en mécanique » n'avait pas de quoi mettre des étoiles dans les yeux d'une fille.

Avec du recul, elle avait du mal à se rappeler ce qui lui avait paru démoniaque chez Evan Shepard : depuis qu'elle le côtoyait dans l'intimité de leur maison de Cold Spring, le jeune homme l'impressionnait surtout par son extrême fadeur. Elle était d'autant plus consternée que l'élégance innée de son père était flagrante.

— Vous êtes toujours si *élégant*, Charles, dit-elle. C'est un nouveau costume d'été ?

— Non, répondit-il, tirant sur sa veste. En fait, ce costume est très vieux ; j'hésitais à le faire durer une saison de plus.

— Ma foi... il est très beau. Très chic. (Une pensée subite éclaira son visage.) Dites-moi, Charles, vous appelle-t-on toujours « monsieur Shepard » ou certaines personnes utilisent-elles votre titre militaire pour s'adresser à vous – « colonel Shepard » ou je ne sais quel autre grade vous aviez.

— Oh, non, non, s'empressa-t-il de répondre. J'étais capitaine quand j'ai pris ma retraite, ce n'est pas du tout le genre de titre que l'on conserve dans la vie civile.

— Capitaine Shepard. C'est *merveilleux*, s'écria-t-elle. C'est si distingué.

Elle se tourna joyeusement vers l'un, puis l'autre, de ses enfants.

— Pas vous ?

— Non, attendez, lui dit Charles, s'exhortant à la patience. Vous n'y êtes pas du tout. Laissez-moi tenter de vous expliquer. Si d'aventure vous croisiez un « capitaine » dans la vie civile, c'est qu'il aura servi dans la marine, voyez-vous, et non dans l'armée. Le grade de capitaine est bien plus... élevé, dans la marine : il vient juste avant celui de contre-amiral ; alors que, dans l'armée, ce titre est bien moins important. Vous comprenez cela, j'en suis sûr.

Il avait l'impression de ne pas avoir autant parlé depuis des semaines, voire des mois, et, néanmoins, il n'était pas certain d'avoir réussi à se faire comprendre, bien que Gloria l'eût écouté, acquiesçant à plusieurs reprises.

— Oh, mais je me moque de tout cela, insista-t-elle. En ce qui me concerne, à partir d'aujourd'hui, vous serez toujours le « capitaine Shepard ». C'est ainsi que je vous appellerai, en tout cas.

Sur ces mots, elle le gratifia d'un sourire flasque aux lèvres rouge vif et aux dents tachées.

Il n'y avait sans doute rien à faire pour sauver cette femme. Une telle soif d'amour était certes pitoyable, mais cette soif en valait bien une autre.

— ... Oh, et je n'oublierai jamais ce merveilleux après-midi que nous avons passé à Hudson Street, déclarait-elle une heure plus tard, alors qu'il attendait, souriant, devant la porte, brûlant de rentrer chez lui. N'était-ce pas une drôle de manière de faire connaissance ? Vous imaginez : si votre voiture n'était pas tombée en panne à cet endroit précis, et si vous n'aviez pas choisi de sonner à *notre* porte...

Étonnamment, ce grand salon humide pouvait être le décor d'interludes plaisants, d'instants de respect mutuel qui promettaient des temps meilleurs.

— Tu as quel âge, maintenant, Phil ? Seize ans ? le questionna un jour Evan.

— Ouais.

— Il serait temps que tu passes ton permis de conduire, non ? On ne vous apprend pas à conduire je-ne-sais-plus-où ?

— Non, ce n'est pas le genre de chose qu'on apprend à l'école...

— Mince, c'est pourtant facile à enseigner. Ça te dirait que je te donne une leçon samedi ?

— Ça oui. Ce serait vraiment chouette, Evan. Si tu as le temps. J'aimerais beaucoup.

La plupart du temps, à son retour de l'usine, Evan grimpait à l'étage et s'enfermait avec son épouse jusqu'à l'heure du dîner ; mais ce jour-là, il buvait son whisky avec Rachel au salon – et, plus étonnant encore, aucun des époux ne semblait avoir de mal à inclure Phil dans leur petite discussion de fin de journée. Ils riaient même de concert de ses plaisanteries, comme si Evan venait juste de découvrir quel beau-frère sympathique et brillant il avait ; de sorte que Phil se prit à espérer qu'ils n'avaient pas remarqué les petits tremblements qui secouaient ses épaules, l'obligeant à croiser les bras comme s'il avait froid. Rien de tout cela n'aurait pu se produire si Gloria n'avait pas été occupée à la cuisine : c'était à son tour de cuisiner.

— Marché conclu, alors. On sortira après le déjeuner et... ou non, attends... Zut, je ne suis pas là samedi.

Le visage de Rachel s'affaissa légèrement. C'était encore un de ces samedis sur deux où Evan s'absentait toute la journée pour aller voir sa fille.

— Bah, tant pis, on fera ça une autre fois, dit Phil. En tout cas, merci. Ce sera vraiment chouette.

Qu'ils commencent à faire des choses ensemble, comme des amis, pourrait faire toute la différence ; sans compter qu'il sentait son cœur battre d'une nouvelle vigueur, une vigueur presque adulte, à la simple idée qu'il allait apprendre à conduire une voiture.

Evan fronça les sourcils, regarda sa montre-bracelet les yeux plissés, et releva la tête, l'air décidé.

— Et si on commençait tout de suite ? On a encore deux bonnes heures devant nous, avant la tombée de la nuit, peut-être plus.

— D'accord. Si tu n'es pas trop fatigué, bien sûr.

— Nan. Nan, ça va. T'en fais pas pour ça.

Evan termina son bourbon et reposa son verre sur la table basse.

— Bon. Si tu peux nous emballer deux bières, chérie, on va se mettre en route. Ou plutôt quatre. Non, mets-en six.

— Tout de suite, monsieur, lança-t-elle en filant vers la cuisine.

C'était certes un plaisir de la voir si enjouée, mais Phil aurait apprécié qu'elle dissimule un peu sa joie : une manifestation de bonheur plus subtile eût été moins embarrassante.

Ils l'attendaient tous deux devant la porte, pareillement voûtés, pouces enfoncés dans leur ceinture de pantalon, quand elle revint portant un gros sac en papier dans lequel s'entrechoquaient les bouteilles de bière.

— Voici, messieurs, dit-elle. Amusez-vous bien.

C'est alors que Gloria apparut, l'air encore plus déconcertée que de coutume.

— De quoi s'agit-il ? questionna-t-elle.

— D'une leçon de conduite, lui expliqua Rachel.

— Oh !

Elle avait un verre dans une main, mais il lui suffit de l'autre pour mimer sa frayeur : elle pressa son avant-bras contre son front, les doigts retombant mollement, comme une aile brisée.

— Vous ferez bien attention, dites, Evan ?

— Attention à quoi ?

— Eh bien, je sais que c'est idiot, mais j'ai une peur panique des voitures. J'ai toujours eu une peur panique des voitures.

Phil avait presque trop honte pour regarder ce que faisait cette main théâtrale, à présent, mais c'était facile à deviner ; il leva les yeux pour vérifier : Gloria agrippait son sein gauche.

Et il n'en fallut pas davantage que cette mortification provoquée par l'attitude de sa mère ; mais la peur d'échouer, de se révéler incapable de relever le défi qui l'attendait, quel qu'il soit, s'empara de lui sitôt qu'il prit place dans le siège passager de la voiture d'Evan. Il se sentit un peu mieux quand ils furent sur la route ;

il découvrit que boire de grosses lampées de bière, les unes après les autres, l'aidait à garder son sang-froid ; d'autant que le calme de son beau-frère au volant était plutôt agréable et rassurant.

Evan lui expliqua qu'il y avait un tronçon de macadam quasi désert de sept ou huit kilomètres, un peu plus loin ; ce serait un bon endroit pour débuter. Puis, changeant de sujet, il lui demanda ce qu'il pensait de la guerre.

— Ben, je ne lis pas vraiment les journaux ni rien, mais j'ai l'impression que ça ne se présente pas bien. On dirait qu'on va mettre un moment à la gagner.

Evan lui coula un regard un brin moqueur.

— Qu'est-ce qui te rend si sûr qu'on va la gagner ?

— Je ne dirais pas que j'en suis *sûr*. En fait, ça pourrait même être l'inverse ; je voulais juste dire que...

— T'as foutrement raison. Et comment que ça pourrait être l'inverse. Ce serait pas dingue, ça ?

C'était la première fois que Phil l'entendait dire « foutrement », il devait pourtant prononcer ce mot-là tous les jours, au travail. Peut-être même qu'il le prononçait devant Rachel, quand ils étaient seuls. Ou non ? Qu'est-ce qu'il pouvait bien lui dire alors, quand ils étaient seuls ? Et elle, qu'est-ce qu'elle pouvait bien lui dire, à part « chéri » ?

— Ce ne serait pas dingue ? Qu'on se retrouve avec Hitler aux commandes ? Sous les ordres de l'armée allemande vingt-quatre heures sur vingt-quatre, et sans doute sous ceux des Japs, aussi. Tu imagines ?

Non, il n'imaginait pas. Phil Drake n'avait jamais réussi à s'imaginer grand-chose de la guerre ; il ne pouvait même pas s'imaginer soldat, en dépit de la possible imminence de l'abaissement de l'âge d'incorporation à dix-huit ans, dont on ne cessait de parler à l'école. Il avait encore deux ans devant lui, et rien d'aussi lointain ne valait la peine de s'en soucier. Néanmoins, cette vision sinistre d'une défaite nationale était dérangeante – ou l'aurait été, si Phil ne s'était pas soudain souvenu qu'Evan Shepard avait les tympans perforés ; il s'autorisa alors à s'abandonner un peu au dossier de son siège.

— Bah, je suppose que j'aurai de la chance si j'arrive à finir l'école avant d'être incorporé, dit-il.

Phil Drake ne serait sans doute ni plus grand ni plus épais, à dix-huit ans, mais il serait plus fort, plus futé, et il saurait mieux se préserver du ridicule. En dehors de quelques anciens d'Irving dispersés un peu partout dans le monde, personne ne se souviendrait de l'abruti qu'il avait été, et l'armée saurait faire de lui un homme ; il pourrait y vivre les meilleurs moments de sa vie. Avant d'embarquer pour l'étranger, il rentrerait à la maison le temps d'une permission, vêtu d'un uniforme qui ferait pâlir d'envie son beau-frère, et il lui dirait : « Alors, comment ça va à l'usine, Evan ? »

Ou bien – pour lui rendre justice –, Evan aurait réussi à se faire admettre dans une école d'ingénieurs de second rang, dans une classe pleine d'étudiants plus jeunes, et Rachel se serait dégoté un poste d'employée subalterne pour les aider à joindre les deux bouts. Dans ce cas, même une phrase telle que « Tout va bien à l'école, Evan ? » ferait l'affaire, de la bouche d'un soldat sur le point de partir au combat. Oui, cela suffirait à mettre les points sur les *i*.

— Autant commencer ici, c'est aussi bien qu'ailleurs, dit Evan, arrêtant la voiture sur une route de bitume déserte qui traversait une grande étendue boisée.

Il descendit et contourna la voiture par l'avant, la mine solennelle.

Phil se tortilla maladroitement pour se glisser dans le fauteuil du conducteur, comme s'il savait qu'il n'y serait jamais à sa place, puis fronça les sourcils et hocha la tête pour se donner un air concentré, tandis que, penché au-dessus de lui, son beau-frère lui expliquait comment manipuler le levier de vitesses.

— Garde la lettre H en tête. Les vitesses sont disposées de sorte à former un H, c'est très facile à manier une fois qu'on a compris, ça devient une seconde nature. Regarde bien. Première, seconde, troisième, marche arrière. Pigé ?

— Euh, je crois, oui. Mais il faut que j'essaie encore un peu. C'est que, ce n'est pas encore une seconde nature pour moi. Et puis, je ne comprends pas bien à quoi elles servent toutes ces vitesses.

— À quoi elles servent ?

— Attends, je me suis mal exprimé. Je comprends qu'elles fournissent divers degrés de puissance, mais je ne sais pas vraiment...

— C'est pas ça, non ; la puissance vient du moteur, Phil, expliqua Evan patiemment.

— Je sais, je sais ; je suis conscient que la puissance vient du moteur, je voulais juste dire que les vitesses permettent la transmission de cette puissance à des degrés...

— Non, la transmission, c'est ce qui fait tourner l'essieu arrière.

— Ouais. Bon, écoute, je ne pense pas être aussi niais que j'en ai l'air, je pose beaucoup de questions parce que je suis nerveux, voilà tout.

— Nerveux pourquoi ? questionna Evan, surpris.

Plus tard, quand la voiture commença à avancer lentement, tout alla de mal en pis...

— ... Hé, tout doux ; moins fort sur l'embrayage, intervint plus d'une fois Evan, alors que le pied tremblant de Phil enfonçait la pédale de manière frénétique.

Enfin, la voiture avança sans à-coups sur plusieurs

centaines de mètres, et il ressentit une certaine ivresse jusqu'à ce qu'Evan s'écrie « Nom de Dieu ! » et lui arrache le volant d'une poigne puissante – juste à temps pour l'empêcher de verser dans le fossé d'au moins un mètre de profondeur.

À un autre moment, tandis que Phil essayait à nouveau de comprendre à quel moment il était censé embrayer et débrayer, la voiture s'élança d'un coup et cala aussitôt. Une odeur embarrassante de gazole envahit l'habitacle.

— Tu l'as noyé, l'informa Evan.

— J'ai quoi ?

— Tu as noyé ce foutu carburateur.

C'est ainsi que se déroula toute la leçon, jusqu'à la tombée de la nuit : rien ne fut vraiment enseigné et rien ne fut vraiment appris ; et quand Evan les reconduisit à la maison en silence, on aurait dit qu'il boudait, comme si l'après-midi qu'il venait de passer l'avait offensé. Il paraissait évident qu'il n'y aurait plus de leçons de conduite, à moins que Rachel ne trouve un moyen de l'amadouer ; et à en juger par son beau profil expressif, il réfléchissait déjà aux paroles qu'il emploierait ce soir pour expliquer à sa femme que son frère était un foutu crétin.

Et si Phil savait qu'il ne gagnerait rien de bon à détester son beau-frère, cela ne l'empêchait pas de le voir tel qu'il était et de savoir à quoi s'en tenir. Cette brute épaisse n'arriverait jamais à intégrer une école d'ingénieurs. Cet enfoiré ignare et incapable d'articuler avait beau savoir conduire une voiture, il n'arriverait jamais à décrocher un travail digne de ce nom. Ce con allait passer le restant de ses jours coincé dans un atelier d'usine en compagnie d'une bande de flemmards, et ça lui apprendrait. Connard.

— Coucou ! lança Rachel, levant les yeux du canapé à leur entrée.

Ses lèvres étaient sur le point de formuler les mots « Comment ça s'est passé ? », mais elle se retint à temps. Depuis qu'elle avait dix ou onze ans, elle prenait la même expression angoissée chaque fois qu'elle s'attendait à entendre un rapport lamentable sur la manière dont Phil s'illustrait dans le monde extérieur.

Gloria était assise face à elle, penchée en avant, toute à l'anecdote qu'elle lui débitait d'une traite. Elle avait sans doute oublié sa terreur des accidents de la route et ne semblait pas s'être aperçue de leur retour, pas plus qu'elle n'avait remarqué que sa fille ne l'écoutait plus.

Le moment du dîner venu, Rachel brancha le ventilateur électrique, puis la radio, et les posa sur la table. Ils étaient tous à l'heure pour *Rencontres dans la vallée de la Mort*, annonça-t-elle.

— À l'heure pour quoi donc, chérie ? questionna Gloria.

— Pour *Rencontres dans la vallée de la Mort*. C'est mon émission préférée. Ils racontent une histoire différente chaque semaine, tu sais ; ce n'est pas un feuilleton. Tu peux la manquer plusieurs fois d'affilée, cela ne gâchera pas pour autant ton plaisir la semaine suivante.

En tout cas, il était clair que rien ne pourrait gâcher celui de Rachel, ce soir. Absorbée par le dialogue d'ouverture de la dramatique, elle attaqua sa viande et ses pommes de terre avec l'air renfrogné d'une fillette déterminée à passer un bon moment.

Des talons résonnèrent sur les planches d'un trottoir en bois, derrière les voix aimables des cow-boys, et soudain, un coup de feu retentit. Plusieurs hommes appelèrent au calme, dont un avec une voix de fausset ; la musique marqua un crescendo pour suggérer la tension dramatique, puis un tonnerre de sabots de chevaux déchira la grande plaine désertique.

Le visage empreint d'une terrible frustration, Gloria porta une serviette en papier froissée à sa bouche et se l'appliqua sur les lèvres en deux ou trois endroits. Elle remua sur sa chaise à plusieurs reprises, comme si aucune position n'était assez confortable, ni même stable. Enfin, elle écarta quelques cheveux plaqués sur son front, releva le menton, décidée à couvrir les voix des cow-boys, et déclara d'un ton de reproche :

— Eh bien, moi qui croyais que le dîner était un moment privilégié pour la conversation.

8.

Certains jours, quand Evan était à l'usine, la maison semblait engluée dans l'oisiveté. Presque n'importe quelle activité, n'importe quel moyen de remuer un peu d'air méritaient d'être considérés.

— J'ai une idée, s'écria Gloria, en débarrassant la table du déjeuner avec Rachel. Et si nous allions voir un film au cinéma ?

Phil s'aperçut tout de suite que sa sœur n'était pas certaine d'en avoir envie. Une jeune femme mature, sexuellement active et instruite des divers aspects intimes de la vie, pouvait-elle avoir envie de passer l'après-midi au cinéma avec sa mère et son petit frère ? Elle hésitait visiblement, pesant le pour et le contre.

— Bon, d'accord, finit-elle par répondre, si tu es sûre que nous serons rentrés avant le retour d'Evan. Je ne veux pas qu'il trouve la maison vide.

— Ne dis pas de bêtises, chérie. Nous avons largement le temps. Donne-moi juste une minute pour me changer. Tu ne veux pas te changer, toi aussi ?

Rachel répondit qu'elle ferait bien de se changer, oui. Tout cela prit plus d'une minute, mais ils ne tardèrent pas à se retrouver sur le chemin du village, tous les trois, comme au bon vieux temps.

Quand les Drake se rendaient au cinéma, quel que soit leur lieu de résidence, ils ne se donnaient jamais la peine de s'informer de l'heure de la séance : une grande part de leur plaisir venait de l'attente confuse et du long questionnement auxquels les images finissaient par répondre. Alors, les divers éléments énigmatiques qui constituaient l'intrigue s'agrégeaient en un tout cohérent, et c'était à qui se tournerait en premier vers son voisin ou sa voisine pour chuchoter : « C'est à ce moment-là que nous sommes entrés. » Et le plus souvent, ils décidaient de rester pour revoir le dénouement qu'ils trouvaient toujours plus intense la deuxième fois.

Le cinéma avait ceci de merveilleux qu'il vous sortait de vous-même tout en vous donnant l'impression d'être pleinement là. Si tout dans le monde vous rappelait sans cesse, à chaque coin de rue, que votre vie n'était que confusion et insatisfaction cuisante, et que la terreur menaçait en permanence d'envahir votre cœur, ces pensées s'évanouissaient presque toujours, ne serait-ce que l'espace d'un instant, quand vous vous retrouviez assis dans la fraîcheur parfumée d'une salle de cinéma. Et pour Phil Drake, les ombres pailletées de lumière de ce film-ci avaient une saveur toute particulière : parce qu'il sentait la présence silencieuse de sa mère, ici, et celle de sa sœur, là ; comme il se devait. Oh, ce n'était sans doute qu'une nouvelle preuve de son immaturité et de l'inutilité de l'année misérable qu'il venait de passer à l'école, mais ces deux femmes étaient toujours les êtres qui comptaient le plus pour lui.

En fin de compte, peut-être valait-il mieux aller au cinéma le soir, pour n'avoir plus grand-chose à espérer de la journée avant d'aller se coucher ; vous y rendre si tôt vous condamnait à affronter les rues aveuglantes de réalité une fois dehors, et à endurer le reste de la journée. Dans un cas comme dans l'autre, les Drake aimaient prendre leur temps pour sortir de l'univers du film qu'ils venaient de voir, demeurer le plus longtemps possible dans le confort de l'artifice ; aussi marchaient-ils en silence sur plusieurs centaines de mètres avant que l'un d'eux n'ose rompre le charme en reprenant la parole.

— C'était bien, n'est-ce pas ? dit Gloria.

— Oui, très, répondit Rachel. Mais ça aurait été encore mieux si Evan avait pu nous accompagner.

— Bah, je ne sais pas..., dit Phil. J'aime bien quand on se retrouve juste tous les trois.

Sa sœur se tourna vers lui, contrariée.

— Ce que tu peux être désagréable, parfois. Tu lui jalouserais même ça ?

— Le jalouser, lui ? Mon Dieu, pourquoi faut-il que tu emploies toujours ces drôles d'expressions.

Ils auraient sans doute continué à se chamailler ainsi jusqu'à la maison si un grand gars monté sur une bicyclette ne s'était arrêté au bord du trottoir, un bras replié devant les yeux pour se protéger du soleil, l'autre remuant en guise de salut enthousiaste.

— Ohé ! Phil Drake !

C'était Gerard Ferris, surnommé « Flash », l'un des réprouvés les plus pitoyables d'Irving, l'air aussi radieux que si la chance lui souriait soudain.

— ... Quelle bonne surprise ! dit Gloria dès que les présentations furent faites. Et quelle coïncidence, tout de même. Croiser un autre élève d'Irving, *ici* ? Votre famille habite-t-elle dans le coin, Flash ?

— Ma grand-mère, madame. Non loin de la Route 9.

— Oh, vous êtes de passage, dans ce cas ? À moins que vous ne soyez ici pour les grandes vacances ?

— Non, je ne suis pas de passage. En fait, je vis avec ma grand-mère.

— Mais c'est merveilleux. Phil et vous allez pouvoir... (elle faillit dire « jouer » mais se reprit à temps)... faire des trucs ensemble, dit-elle d'un ton incertain, dans l'espoir que ce genre de phrase serait recevable pour un adolescent.

Phil les regardait parler, lisant presque à livre ouvert dans les pensées de sa mère. Il y avait quelque chose, chez Flash Ferris – ses bonnes manières, ses vêtements de sport bien assortis, sa bicyclette onéreuse –, qui suggérait d'emblée que sa famille était fortunée ; et s'il résidait à Cold Spring, il se pouvait fort qu'il appartienne à l'une de ces « vieilles fortunes » qu'elle aspirait tant à côtoyer.

— ... Bon, alors, nous restons en contact, n'est-ce pas, Flash ? dit-elle.

— Oui, bien sûr, lui promit-il, glissant soigneusement le numéro de téléphone des Drake dans sa poche de poitrine.

Il prit congé d'eux avec la plus grande courtoisie et s'éloigna sur son vélo.

— Quel garçon adorable ! s'exclama Gloria, lorsque la famille se remit en route.

Phil décida qu'il était temps d'énoncer certains faits.

— Tu peux m'écouter une minute, s'il te plaît ? Il se trouve que ce garçon... ce garçon n'est qu'un... je ne veux rien avoir à faire avec lui. C'est un crétin.

Gloria s'immobilisa sur le trottoir et lui adressa le regard noir qu'elle lui réservait quand elle se jugeait trahie.

— Oh, j'aurais dû me douter que tu trouverais une raison idiote de tout gâcher. Tu es si étrange et si égoïste, parfois.

— Tu veux bien m'écouter une minute ? Ferris est tellement nul qu'il ne cherche même pas à le cacher. Ce surnom idiot de « Flash », c'était une vanne au début :

parce qu'il est si lent et maladroit qu'il n'arrête pas de tomber ; seulement, il a décidé que ça sonnait bien, et il veut que tout le monde l'appelle « Flash », maintenant.

Gloria fit un effort visible pour se montrer patiente et calme en attendant son tour de prendre la parole, puis, quand il arriva enfin, elle s'en donna à cœur joie :

— C'est à *toi* de m'écouter, maintenant, Phil. Une opportunité de rencontrer des gens sympathiques s'offre à nous et je n'ai pas l'intention de te laisser nous la gâcher. Tiens-le-toi pour dit.

Sur ces mots, elle se remit à marcher, suivie de Rachel.

— Oh, et il y a autre chose, lança Phil, se dépêchant de les rattraper. Autant te prévenir : il a beau être très grand et avoir une voix grave... il n'a que quatorze ans.

— Ah oui ? Ma foi, je ne vois pas quelle différence ça fait.

Phil n'eut alors d'autre choix que de marcher à côté de sa mère, en silence, la tête basse. Il avait toujours su reconnaître les signes annonciateurs d'une situation catastrophique.

Ce soir-là, au dîner, ils eurent droit au rare délice du maïs en épi, qui mobilisa assez leurs mains et leurs mâchoires pour qu'on ne s'attende pas à les voir converser ; néanmoins, Gloria ne tarda pas à tenter quelques entrées en matière.

— Savez-vous, Evan, que nous avons rencontré un garçon de l'école de Phil, tout à l'heure, au village ?

— Hum ? Euh, c'est bien, répondit-il sans lever les yeux.

— Il habite les environs avec sa grand-mère ; il a l'air très gentil, même si Phil pense que nous ne devrions pas nous laisser aller à l'apprécier. Phil est passé maître dans l'art de se forger un jugement sur les gens, voyez-vous. Je pense que la seule personne qui trouve grâce à ses yeux, ces temps derniers, c'est lui-même.

— Oh, je t'en *prie*, mère, intervint Rachel. Laisse-le manger son maïs en paix.

Quand le téléphone sonna, un ou deux jours plus tard, Gloria bondit pour décrocher et Phil l'écouta parler et répondre avec une appréhension grandissante.

— ... Qui ? Je crains de ne pas... Oh, vous êtes la grand-mère de Flash Ferris ? Comme c'est gentil de votre part de nous appeler, madame Talmage... Oui, c'est une idée délicieuse, bien sûr, nous serons ravis... Pourriez-vous nous donner quelques indications, afin que nous trouvions facilement le chemin... Oh, parfait.

Elle prit alors des notes rapides avec un crayon, et Phil comprit qu'il n'y avait plus d'échappatoire possible.

Le lendemain après-midi, habillés pour prendre le thé dehors, les Drake mère et fils se retrouvèrent au bord d'une longue autoroute, à deux kilomètres de la maison, les voitures scintillantes filant, une à une, à côté d'eux, soulevant des tourbillons d'une poussière brune qui leur irritait les yeux et s'infiltrait dans leurs vêtements.

— Tu es certaine que c'est le bon chemin ? questionna Phil, inquiet.

— Bien sûr que oui. Nous ne devrions plus être très loin, maintenant.

— Je peux regarder les indications que tu as notées ?

— Je n'ai pas envie de m'arrêter pour fouiller dans mon sac, chéri ; je crois vraiment que nous y sommes presque. Il faut trouver une pancarte Delco Batteries, à présent ; il faudra prendre à gauche à ce niveau-là.

Ce n'est qu'à cet instant qu'il se rendit compte que Mme Talmage s'imaginait sans doute qu'ils arriveraient en voiture.

— Nom d'un chien. Ce sont des indications pour venir en *voiture* qu'elle t'a données, n'est-ce pas ?

— Je crois, oui, mais ça n'a pas d'importance. C'est une toute petite ville.

— Nom d'un chien, répéta-t-il. Merde.

— Tu sais ce que je pense de ce mot, Philly.

— Ah ouais ? Je pensais que c'était « foutu » que tu n'aimais pas.

— Oh, par *pitié*, s'écria-t-elle, en levant sa main à son sein, sans toutefois toucher au but. Par pitié, ne recommence pas. Tu vas encore tout gâcher.

Mais, très vite, toute contrariété déserta le visage de sa mère. Elle posa la main sur son bras.

— Regarde ! Tu vois, là-bas ? « Delco Batteries ! »

La propriété de Mme Talmage se composait d'hectares et d'hectares de pelouse ondoyante parfaitement entretenue et d'arbres à feuilles persistantes, que l'on apercevait au loin. Sa belle maison – sans doute la demeure ancestrale – se dressait au bout d'une allée de gravier bien ratissé qui crissait et roulait sous le talon avec une légèreté revigorante.

— N'est-ce pas magnifique ? murmura Gloria à son fils, quasi religieusement.

Assise dans le salon ombragé où elle attendait ses invités, Harriet Talmage s'apercevait, une fois de plus, qu'il était presque impossible d'avoir une conversation, aussi anodine fût-elle, avec sa fille Jane – c'était exaspérant.

— Ne te sens pas obligée de rester, très chère, si tu préfères rentrer en ville de bonne heure ; je pensais juste que nous pourrions passer un après-midi agréable. Ce garçon est un camarade d'école de Gerard ; et Gerard me dit que sa mère est une dame très bien.

— D'accord, mais ce gamin est-il obligé de traîner sa mère partout ? Je ne comprends pas ça, dit Jane.

Cette réflexion tira un petit grognement amusé à Warren Cox, l'« ami » de Jane, assis à côté d'elle dans le profond canapé en chintz. C'était un type chauve assez quelconque d'au moins quarante-cinq ans, vêtu d'un costume d'homme d'affaires couleur glace au chocolat.

— À vrai dire, c'est Gerard lui-même qui m'a suggéré d'inviter la mère, expliqua Harriet. Il a pensé que ce serait un geste aimable, et je partage son avis. Elle est nouvelle, ici, elle ne connaît sans doute pas grand monde. C'est une belle preuve de maturité que de savoir se montrer si délicat et courtois envers les autres, j'espère que tu t'en rends compte.

— À vrai dire, non. Je ne m'en rends pas compte. Aurais-tu remarqué cette qualité chez Gerard, Warren ?

— Non, pas encore. Par contre, j'ai remarqué qu'il était très grand. Plus grand que moi. Même ses mains sont plus grandes que les miennes.

La conversation s'arrêta là, mais Harriet savait qu'elle ne se détendrait pas tant que Jane ferait rebondir l'une de ses cuisses sur l'autre, envoyant son pied en l'air, encore et encore. La vue de cette posture négligée et indolente l'insupportait autant que ses « je ne comprends pas », « ce gamin » ou « comment se fait-il que » : c'était à vous faire grincer les dents.

Pourtant, elle s'était résignée depuis longtemps : il y avait des tas de choses qu'elle ne comprendrait jamais, elle non plus. Elle ne vivrait sans doute pas assez vieille pour savoir d'où venaient cette grossièreté et cette vulgarité du monde d'aujourd'hui, qui anéantissaient chaque élan de dignité, et elle mourrait sans espoir de trouver une explication à la vie de sa fille. Trois mariages pitoyables, un enfant unique qu'elle avait abandonné aux soins de sa mère dès sa naissance et, maintenant, ce défilé d'« amis ». Mon Dieu, et dire qu'elle était née avec tous les privilèges dont une fille pouvait rêver.

— N'est-elle pas merveilleuse, Harriet ? lui disait souvent John Talmage, il y a bien longtemps. N'est-elle pas éblouissante ? N'est-ce pas une fillette adorable ?

D'une certaine manière, c'était une bénédiction que John n'ait pas vécu assez longtemps pour voir la femme qu'était devenue son enfant. Il en aurait été, lui aussi, plongé dans la plus grande perplexité, ne serait-ce que parce qu'elle n'était même plus jolie. Elle était trop maigre, et quand elle se pelotonnait ainsi contre Warren Cox, son visage paraissait anguleux et sarcastique. Quant à lui, mon Dieu, ce n'était pas une lumière : juste un de ces représentants de commerce qui usait de formules telles que « *x* dollars ». Au déjeuner, alors qu'il essayait de leur expliquer une transaction, il l'avait prononcée trois fois de suite.

Mais la domestique avait introduit ses visiteurs dans la pièce, et le moment était venu pour Harriet Talmage de se lever de son fauteuil pour se déclarer « *très* heureuse » de les recevoir.

— Je suis vraiment ravie de faire votre connaissance. Je vous présente ma fille, Mme Ferris, et son ami, M. Cox... Je ne sais pas où est passé Gerard, mais je suis sûre qu'il se joindra bientôt à nous. Asseyez-vous donc.

Quand Flash Ferris se joignit à eux, immense et sincère dans son uniforme d'Irving School, Phil décida de faire contre mauvaise fortune bon cœur : d'endurer cet après-midi, puis de l'oublier et de prétendre qu'il n'avait jamais eu lieu.

— ... Alors, comment se passent tes vacances pour

l'instant, Phil ? s'enquit Flash, quand ils furent installés devant une table basse joliment garnie.

— Pas mal.

— Tu as un vélo ?

— Non.

— Comment ça se fait ?

— Qu'est-ce que tu entends par là ? Je n'en ai pas, voilà tout.

Flash attrapa deux ou trois mini-sandwiches au cresson, rectilignes.

— Je me demande juste comment tu peux passer l'été ici sans vélo. J'en fais tous les jours, moi. Je connais toutes les routes et toutes les villes du coin. Je ne supporte pas d'être coincé quelque part.

Phil convint qu'il n'aimait pas beaucoup cela non plus ; puis, juste pour meubler, il ajouta qu'il cherchait à se dégoter un travail saisonnier.

— C'est bien. Bon courage.

— ... Oh, peut-être les connaissez-vous, disait Gloria Drake à Mme Talmage, tenant sa tasse et sa soucoupe avec une grande délicatesse. Il s'agit du capitaine et de Mme Charles Shepard. Des gens délicieux ; je suis certaine qu'ils vous plairaient. Ma fille est mariée à leur fils, voyez-vous ; c'est un peu ce qui nous a tous réunis ici. La famille du capitaine Shepard est établie sur la côte nord de longue date, mais je crois savoir que son épouse est originaire de Boston. Je suis la seule véritable étrangère, ici : j'ai grandi dans l'Illinois ; mais je vis à New York depuis si longtemps que j'ai appris à me sentir chez moi presque partout, tant que je suis entourée de gens sympathiques...

Mme Talmage était de taille à écouter ce babillage avec un sourire courtois quoique figé ; mais Mme Ferris mâchait son chewing-gum la bouche ouverte, fixant

Gloria Drake les yeux écarquillés, comme une enfant mal élevée devant une estropiée. Toujours assis contre elle, M. Cox, lui, était mûr pour un petit somme.

Résolu à entamer sans délai cette pseudo-amitié estivale, Flash Ferris entraîna Phil loin de la table basse, sitôt que la bienséance l'y autorisa.

— Je vais te montrer ma chambre, dit-il en gagnant l'escalier.

Phil dut reconnaître que ce n'était pas si mal de se retrouver dans cette chambre bien rangée, à échanger des anecdotes et des petites blagues avec Ferris – comme c'était à prévoir, c'était un gars plutôt fréquentable en dehors de l'école. Sauf que, s'il laissait les choses suivre leur cours naturel, il risquait de se retrouver dans une situation très embarrassante de retour à Irving, à l'automne. Ferris semblait tout à fait capable d'abuser d'une rencontre estivale accidentelle, et d'en tirer parti.

Mais c'est alors qu'il fit une déclaration timide :

— Je ne retourne pas à Irving l'année prochaine.

— Ah bon ? Pourquoi ?

— Parce que j'ai été accepté à Deerfield, et que c'est une école plus prestigieuse.

— C'est bien, ça, dit Phil, avec un immense soulagement. Tu pourras repartir de zéro, alors.

— Ouais.

Les traits de Flash se crispèrent un rien, lorsqu'il comprit ce que sous-entendait l'expression repartir de zéro.

— C'est vrai que j'ai commis un tas d'erreurs stupides à Irving, admit-il. Mais je crois que je m'en sortirai mieux, cette fois.

— C'est certain.

Flash se leva et arpenta la pièce d'un pas lent, le dos anormalement raide et les épaules bien droites, comme pour répéter la démarche à adopter dans sa nouvelle école. Il regarda un moment à la fenêtre, comme s'il pouvait voir d'ici les possibilités infinies que lui offrirait Deerfield, puis se retourna et lança :

— On descend boire un jus de pompe ?

— Quoi ?

— Un jus de *pomme*, expliqua-t-il en souriant. Je dis toujours jus de pompe.

— Oui, bien sûr.

Phil n'eut d'autre choix que de suivre son hôte dans le couloir où s'alignaient un bon nombre de portes ; ils descendirent l'escalier, sortirent de la maison et se retrouvèrent sur une aire bétonnée assez grande pour manœuvrer des voitures et les garer. À l'extrémité de cette aire, une rangée de portes de garage occupait presque autant de place que la maison elle-même et, juste devant, un grand type rougeaud en bras de chemise lavait une limousine à l'aide d'un tuyau d'arrosage.

— Alors, Flash, lança l'homme, relevant la visière de sa casquette de chauffeur sur un gros visage au sourire déplaisant. Comment ça va, aujourd'hui ?

— Salut, Ralph, répondit Flash, méfiant, pressant un peu le pas.

— Tu t'astiques toujours le manche ? Tu te tires toujours sur la nouille ?

— Ne fais pas attention à lui, conseilla Flash à son invité.

— C'est qui ton ami, Flash ? insista l'homme. C'est ton trouduc attitré ? À moins qu'il la prenne dans sa bouche ?

Les deux garçons durent traverser toute l'étendue de béton mouillé avant de gagner la porte qui ouvrait sur une cuisine gigantesque.

Une fille de dix-neuf ans, tout au plus, y travaillait

seule. Impeccable dans son uniforme de servante blanc cassé, elle rinçait des légumes dans l'évier.

— Salut, Amy, lui dit Flash.

— Salut.

Elle ne leva pas les yeux, mais Phil reconnut en elle la bonne qui leur avait ouvert quand sa mère avait sonné à la lourde porte de la demeure, et qui leur avait servi le thé au salon. Flash s'activait devant un énorme réfrigérateur, dont il tira des glaçons et une bouteille de deux litres de jus de pomme Dole ; le temps qu'il remplisse deux grands verres sur la table de la cuisine, la fille avait abandonné son poste et traversait gracieusement le parking pour échanger quelques mots en privé avec Ralph, qui parut content de la voir.

— ... Ne fais pas attention à ce type, dit Flash. C'est un moins que rien. Un gros bêta polonais, un vrai salaud. Ah ça, il est assez futé pour deviner que je ne rapporterai jamais à ma grand-mère la manière dont il me parle – il possède juste assez d'intelligence pour ça –, mais sinon, il est bête à bouffer du foin. Il ne sait rien faire, à part conduire ces foutues voitures.

Phil but des petites gorgées de son verre, se retenant de regarder la bonne et le chauffeur par la fenêtre et de se poser des questions à leur sujet. L'homme était clairement trop vieux pour être son petit ami – il devait avoir une cinquantaine d'années –, mais il pouvait nourrir des sentiments paternels à son égard ; et peut-être en était-elle venue à s'en remettre à son jugement brut et tranché pour faire face aux nombreuses incertitudes de sa jeune existence.

Quoi qu'il en fût, leur échange se terminait quand les deux garçons retraversèrent le parking, quelques minutes plus tard. La fille pouffa, la main sur la bouche, et se détourna de Ralph pour retourner travailler.

— À plus tard, Amy, lança-t-il dans son dos.

Il attendit qu'elle s'éloigne de cinq ou six pas avant de reprendre son tuyau d'arrosage, puis, le faisant onduler d'un petit coup sec, il lui éclaboussa les chevilles d'un petit filet d'eau.

— Oh, *Ralph*, le gronda-t-elle en filant se réfugier à la cuisine.

Elle était merveilleuse quand elle courait, cette jeune fille, avec ses fesses qui rebondissaient sous sa jupe crème. Si Phil Drake était déterminé à ne pas trop songer aux filles cet été – il lui semblait plus sage d'attendre que ses hormones soient à la hauteur de son imagination, ou que son imagination soit à la hauteur de ses hormones –, cette décision lui paraissait dérisoire dans des moments comme celui-là. S'il ne se dépêchait pas d'apprendre quelques petits trucs sur les filles, il finirait par devenir dingue.

— Bah, Amy est une gentille fille, dans le fond, leur confia Ralph, tournant le jet du tuyau vers la limousine couverte de mousse. Du moins, elle pourrait encore le devenir pour peu qu'un homme décide de la remettre dans le droit chemin. Parce que, vous savez c'est quoi son problème ?

Il se retourna pour sourire aux deux garçons qui attendaient bêtement sa réponse.

— Elle se titille trop le bouton. C'est aussi simple que ça.

Quand ils retournèrent au salon, Mme Ferris et M. Cox avaient disparu – soit parce qu'ils étaient rentrés à New York, soit parce qu'ils étaient montés se préparer pour se mettre en route au plus vite –, et Phil reconnut tous les signes trahissant que sa mère avait passé l'après-midi à déverser le fond de sa pensée, de son cœur et de ses tripes : le triste spectacle des cendres de cigarette sur le tapis oriental, à côté de sa chaise, son air épuisé.

— Il faut que vous reveniez nous voir, madame Drake, disait Mme Talmage. Ce fut un plaisir.

— Je t'appelle demain, Phil, lança Flash Ferris ? D'ac ?

— D'ac.

Et durant tout le chemin du retour, ou au moins jusqu'à ce qu'ils se mettent sérieusement à marcher, Phil savait qu'il lui faudrait approuver sa mère quand elle ferait remarquer avec insistance qu'ils avaient tous deux passé un merveilleux moment.

— ... Non, mais c'est vraiment trop bête que tu n'aies pas de vélo, insista Flash, pédalant le long du trottoir. Quand penses-tu en avoir un ?

— Je te l'ai déjà dit, répondit Phil, adossé mollement à un lampadaire, afin d'offrir l'image d'un jeune homme du coin, en pleine forme et bien dans sa peau. Si j'arrive à décrocher un job d'été, je pourrai faire des économies pour m'en acheter un ; en attendant, ce n'est pas dans mes moyens, voilà tout.

Ils traînaient dans le village minuscule, sans avoir grand-chose à dire, ni à faire. C'était le second ou le troisième jour de la relation détendue que Flash prévoyait d'entretenir avec lui, mais les choses ne se présentaient pas très bien.

Il y avait un nouveau film à l'affiche du cinéma ; ils avaient décidé que ce serait un bon moyen de tuer une heure ou deux, même s'ils savaient d'avance qu'ils ressortiraient de la salle en plein jour, roses d'émotion et les nerfs à vifs – et ils ne s'étaient pas trompés.

— ... Bon d'accord. À plus tard, alors, lança Ferris par-dessus son épaule, avant de se lever sur ses pédales et de filer en direction de la Route 9.

En le regardant s'éloigner, Phil se demanda avec

ironie si, pour couronner cet été minable, il n'allait pas réussir à se faire snober par Flash Ferris.

Cependant, la fois suivante, il trouva Flash débordant d'énergie et concentré sur la belle idée qu'il venait d'avoir. Ed's Cycle Repair, une boutique d'Huntington, vendait un beau vélo d'occasion bien rénové pour vingt-cinq dollars. Qu'en disait-il ?

— C'est trop cher.

Flash le dévisagea comme s'il plaisantait. On n'était pas censé être confronté à ce genre de situation en fréquentant des élèves d'écoles préparatoires.

— Tu ne peux pas réunir *vingt-cinq* dollars ?

— Non. C'est ce que je me tue à te dire. Je ne peux pas.

— Ta mère ne pourrait-elle pas t'aider le temps que... ?

— Non, elle ne pourrait pas. Elle ne peut pas.

L'incrédulité laissa la place au doute sur le visage de Flash – d'accord, une école comme Irving pouvait accepter certains élèves par pure générosité, mais il ne se serait pas attendu à trouver l'un d'eux à Cold Spring.

— D'accord, répondit-il. Dans ce cas, je vais demander à ma grand-mère de l'acheter.

— Il en est hors de question, répondit Phil, avec emphase. Hors de question. Je refuse que tu fasses une chose pareille.

— Et pourquoi ça ?

— Parce que ce ne serait pas bien, voilà pourquoi. Je ne me sentirais pas bien, insista-t-il, percevant dans sa propre voix l'inflexion vertueuse teintée de fierté farouche – sans doute empruntée à l'un de ces films sur la Dépression.

— Allons, Drake, ne fais pas l'imbécile, insista Flash, emportant aussitôt la partie.

Un ou deux jours plus tard, Phil monta dans le bus poussif d'Huntington et retrouva Flash, qui l'attendait devant Ed's Cycle Repair avec l'objet : robuste, étincelant et payé. Ce n'était pas la première fois qu'il faisait du vélo, à l'inverse de ce que l'on pouvait penser à le voir zigzaguer dans les rues d'Huntington, mais c'était le premier vélo qu'il possédait.

— Comment te sens-tu ? lança Flash par-dessus son épaule, filant droit devant.

— Bien. Ça va.

Sauf que, penché ainsi sur le guidon, il ne pouvait manquer de constater une fois de plus à quel point il était en retard sur son âge : il s'échinait pour ne pas se laisser distancer par un gars de quatorze ans et commençait à apprécier le vélo quand tout le monde savait que les garçons et les filles de seize ans étaient déjà supposés conduire des voitures.

Flash Ferris connaissait toutes les routes de toutes les villes des alentours. Et pendant les deux semaines qui suivirent, ils parcoururent le coin d'est en ouest jusqu'à Oyster Bay, et d'ouest en est jusqu'à Kings Park, en passant par Huntington et Greenlawn. Ils s'éloignèrent aussi de la côte pour traverser quelques villages des terres. Phil devait reconnaître qu'il s'amusait bien – ne serait-ce que parce qu'il n'était presque jamais à la maison –, et qu'il aimait découvrir ces autres parties de Long Island, souvent très gaies et accueillantes.

— J'ai pris une décision à propos de l'année prochaine, déclara Flash, un après-midi.

Ils s'étaient arrêtés pour se reposer sur une petite bande de plage bordée d'herbe de la route côtière. Il était assis sur le sable, les jambes repliées gauchement, l'air plus dégingandé que jamais.

— En janvier, quand j'aurai quinze ans, j'essaierai d'intégrer le corps des marines en mentant sur mon âge.

Ces derniers temps, Flash Ferris ne lui avait guère offert d'occasions de lui opposer le genre de réponses dédaigneuses qu'il s'attirait à Irving, de sorte que Phil comptait bien profiter pleinement de celle-là. Redressé sur ses coudes, le regard plongé dans l'eau, il laissa le silence s'installer un peu avant de lever les yeux vers le visage vulnérable de Flash.

— N'importe quoi. C'est la chose la plus foutrement stupide que j'aie jamais entendue.

— Et pourquoi ? demanda Flash, sur la défensive. Je suis grand, plutôt fort ; je pourrais déjà passer pour un gars de dix-sept ans, je préfère juste attendre janvier pour me donner le temps de m'étoffer un peu. D'ailleurs, le corps des marines est bondé de gars qui ont menti sur leur âge. Tu ne lis jamais les journaux ?

— T'as pas lu ça dans les journaux, crétin ; t'as vu trop de films, c'est tout. Et, pour ta gouverne, tu ne passerais jamais pour un gars de dix-sept ans. Tu n'en fais même pas *quinze*.

— Tu veux parier ? Tu veux parier que je fais au moins ton âge, sinon plus ?

La discussion prenait un tour désagréable et Phil n'avait aucune réponse satisfaisante à lui retourner.

— Bah, tu rêves, Ferris, dit-il. Tu rêves tout éveillé, c'est tout.

— Et alors, où est le problème ? s'enquit Flash, avec une certaine légitimité. Ça vaut quand même la peine d'essayer, non ? Je vais tenter le coup, c'est tout, et je ne vois pas ce qu'il y a de risible là-dedans.

— Bon, bon, bon ; d'accord.

Ils n'eurent aucun mal à oublier cette petite contrariété avant la fin de leur périple : par moments, il suffisait de sourire à Flash Ferris pour qu'il rougisse aussitôt et vous réponde par un sourire plein de reconnaissance. Quelques jours plus tard, ce fut au tour de Phil de lui annoncer une nouvelle importante.

— J'ai trouvé du boulot ce matin, dit-il, alors qu'ils buvaient des Coca-Cola pression à un comptoir d'Huntington. Je commence ce soir.

— Ah, ouais ? Quel genre de boulot ?

— Surveillant de parking, chez Costello's, à la sortie de la Route 9.

— Tu sais conduire ?

— Non, mais je n'aurai pas besoin de déplacer les voitures – ce n'est pas le genre d'endroit où on gare les voitures des clients, si j'ai bien compris le directeur. En fait, tu dois juste les éclairer avec une lampe de poche jusqu'à une place de parking déterminée ; et, quand ils sont prêts à repartir, tu dois les reconduire à leur véhicule. Mais il faut tout planifier à l'avance et organiser le parking de sorte qu'aucune voiture ne se retrouve bloquée. Bah, je devrais pouvoir m'en sortir. Je ne toucherai qu'un salaire symbolique de cinq dollars par semaine, mais le type dit que je peux espérer me faire trente dollars de pourboires par semaine, peut-être même plus.

Flash remuait sa glace pilée avec une paille en papier, visiblement troublé.

— Tu pourras toujours faire des balades à vélo avec moi, alors ?

— Ben, de temps en temps, peut-être, en fin d'après-midi. Le problème, vois-tu, c'est que je ne finirai pas le boulot avant quatre heures du matin ; alors il faudra que je dorme un peu après. Et je vais travailler toutes les nuits.

— Ah. Mais pourquoi tu fais ça, dis ? Pourquoi tu as accepté ce boulot ?

— Pour l'argent, quoi d'autre ? J'en ai besoin. Pour des tas de raisons.

— Quoi par exemple ?

— Mince, Ferris, épargne-moi tes « quoi par exemple ». Si tu n'étais pas si riche, tu ne demanderais jamais « quoi par exemple ».

— Je ne suis *pas* riche.

— C'est ça, fais-moi rire.

Avec une expression qu'il voulut condescendante, Phil s'écarta du comptoir.

— Allez, viens. Si c'est tout ce que tu as à dire, autant partir.

Il n'aurait pas de meilleure occasion d'instaurer la rupture nécessaire avec Flash Ferris, aussi fit-il le plus gros du travail peu après cinq heures cet après-midi-là, alors qu'il pédalait le long de la Route 9 en direction de l'intersection d'où démarrait le raccourci qui menait chez lui.

— Je crois que je ferai mieux de te quitter ici et de filer à la maison, Flash, lança-t-il dans le vent. Il faut que je mange avant d'aller travailler. Bon, ben, amuse-toi bien, d'ac ?

9.

Perchée bien haut, l'enseigne électrique « Costello's » attirait les voitures jusqu'au vieux bar-restaurant monté sur pilotis qui dominait les eaux clapotantes du Sound. L'endroit était spacieux et plutôt chouette ; un peu vulgaire au goût de certains, mais vibrant d'originales possibilités romantiques.

Peu d'employés réguliers prêtaient attention à Phil Drake – même si tous savaient que c'était le seul gamin saisonnier embauché pour surveiller les voitures – à part les deux ou trois serveuses qui le saluaient quand elles prenaient leur service et l'aide-serveur baraqué aux épaules gonflées qui s'arrêtait parfois pour échanger quelques mots avec lui, aux abords du crépuscule.

— Comment ça va, Phil ?

— Oh, plutôt bien, merci, Aaron ; et toi ?

— Je n'ai pas à me plaindre. J'évite de m'attirer des ennuis, en tout cas.

— C'est bien.

Et s'il existait un moyen d'ouvrir et de refermer les portières des voitures selon un petit cérémonial sobre et courtois, Phil s'appliquait à le découvrir nuit après nuit. Il avait beau manier sa lampe de poche avec une habileté hors pair, durant ces longues heures de veille, les premiers pourboires se révélèrent décevants : beaucoup de clients ne lui laissaient rien du tout, et il pédalait sur son vélo au petit matin avec en poche une poignée de piécettes qui ne méritaient même pas d'être comptées. Et puis, un jour, il se rendit à Huntington et fourragea dans le tas de marchandises d'une petite boutique miteuse de surplus de l'armée et de la marine jusqu'à ce qu'il trouve ce qu'il cherchait : une casquette de chauffeur avec une visière en cuir véritable semblable à celle que Ralph portait avec son uniforme – en moins luxueux. Cela fit toute la différence. Il l'enfonça bien droit sur sa tête, pour afficher son professionnalisme, et les pourboires augmentèrent. À l'issue de sa deuxième semaine de travail, il plia un billet de cinq dollars et deux billets de dix dans une lettre de remerciements bien tournée, libella l'enveloppe à l'adresse de Mme Talmage et la glissa dans une boîte aux lettres avec le sentiment adulte du devoir accompli.

Ce n'était peut-être pas grand-chose que ce boulot de gardien de parking, mais c'était son tout premier emploi, et il le prenait aussi sérieusement que les circonstances le lui permettaient. Et, apparemment, cela ne manquait pas d'impressionner sa sœur, dans les rares occasions où il la croisait.

— Je trouve ça merveilleux que tu te débrouilles si bien, Philly, lui dit-elle une fois. Et je ne suis pas la seule.

S'il s'organisait assez bien pour qu'aucune voiture ne se retrouve bloquée et pour éviter tout autre problème – même avec les clients ivres –, il y avait tout de même des moments troublants.

En dépit de l'excellence et de la sagesse de sa décision de ne pas trop penser aux filles, ses résolutions étaient éprouvées chaque soir, à plusieurs reprises. La plupart des clients ne méritaient guère qu'on s'arrête sur eux, mais il ne savait jamais à quel moment, entre le crépuscule et minuit, l'apparition d'une jolie fille risquait de le prendre au dépourvu. Une voiture se garait à son emplacement attitré, la lueur faible de son plafonnier éclairait l'habitacle, et elle apparaissait soudain, en train de se recoiffer ou de se passer une couche de rouge sur les lèvres. Puis elle se tortillait un peu, gardant les genoux bien serrés, et il attendait qu'elle se lève du siège passager, lampe de poche allumée, pour éclairer ses pas. L'homme qui faisait le tour du véhicule pour s'imposer comme son compagnon était souvent un soldat en uniforme de coton amidonné couleur fauve, mais il n'était pas rare non plus qu'il s'agisse d'un civil – parfois même d'un civil à peine plus âgé que lui. Le couple s'éloignait alors en direction de l'escalier bien éclairé du Costello's, et, tenant leur escorte par la taille, le bras, ou ne la tenant pas du tout – trois attitudes différentes dont Phil décida qu'elles ne présentaient aucun intérêt réel –, les filles donnaient l'impression de glisser plus que de marcher, avec leurs pâles jupes qui se soulevaient et ondulaient entre l'ombre et la lumière, comme si le temps était le cadet de leur souci. Demeurant à une distance respectueuse, il lui arrivait de les suivre et de tendre l'oreille pour savoir ce que disait la jeune femme : on pouvait déduire une personnalité entière de ce genre d'indiscrétion, mais la plupart du temps il ne saisissait que quelques bribes de phrases énigmatiques.

— ... D'accord, mais juste le temps de prendre un verre. Et on rentre directement à la maison.

— ... Ne t'est-il jamais venu à l'esprit que je pourrais être un peu fatiguée d'entendre ce que Linda aime ou n'aime pas ? Comment Linda se sent ? Ce que Linda pense de tout et de rien... ?

Une nuit qu'il raccompagnait un soldat et une fille ravissante du bar au parking sombre, la voix de la jeune femme s'éleva, aussi douce qu'une mélodie. Phil comprit qu'elle essayait de le rassurer, bien que ces premières phrases fussent inintelligibles ; et soudain il saisit les mots : « Non, tu n'es pas insensible, Marvin. Tu es *merveilleusement* sensible. »

Il n'avait rien entendu d'aussi adorable de tout l'été. Ces paroles résonnèrent dans sa tête pendant toutes ces heures qu'il passa à patrouiller inutilement dans le parking désert ou à regarder les pilotis luisants et la surface noire et paisible de l'eau, à travers le grillage.

« Tu es *merveilleusement* sensible. » C'était exactement le genre de déclaration qu'une fille pourrait lui faire à lui, Phil Drake, quand il serait assez mûr pour la mériter – et cela pourrait même se produire d'ici deux ans, lorsqu'il serait incorporé et qu'il aurait réussi à prendre sa vie bien en main.

Il regrettait souvent de nc pas pouvoir suivre les clients à l'intérieur du restaurant, pour découvrir le Costello's à l'heure de pointe – on ne lui permettait d'y pénétrer qu'en fin d'après-midi, au moment où des gars en manches de chcmise descendaient les chaises retournées sur les tables, ou au petit matin, quand ils les remettaient sur les tables. Il avait vu les trois alcôves aux banquettes profondes en similicuir qui occupaient trois des quatre murs de la salle, il supposait que c'était là que la plupart des filles choisissaient de s'installer. Elles jouaient avec leur gin-fizz ou leur rhum-Coca au son du juke-box plaintif, et posaient peut-être une main légère sur la cuisse de leur homme. Phil savait déjà que certaines des chansons populaires de cet été 1942, qui glissaient jusqu'à lui à travers les voitures garées, resteraient à jamais gravées dans sa mémoire.

Comme celle-ci :

Je n'ai pas dansé samedi
La piste était pourtant comble
Je ne supportais pas ton absence
Je ne sors plus beaucoup...

Ou cette autre :

Les autres peuvent bien penser qu'il est fou,
Pour moi, il est plus que tout,
C'est lui qui apprend à mon cœur à voler ;
Avec sa belle paire d'ailes argentées...

Je suis si fière de marcher à son pas,
Les rares jours de permission
Ces ailes épinglées à sa vareuse
Mon cœur épinglé à mon bras...

Quand arrivait l'heure de la fermeture, il fourrait sa lampe dans sa poche et gagnait la cuisine par la porte de service – seul privilège qu'offrait ce boulot – pour demander une tasse de café noir.

— Comment se fait-il que tu ne boives que du café noir ? lui demanda un plongeur émacié, au bout de quelques nuits.

— Je l'aime noir, voilà tout.

Mais sa voix sonnait faux : il buvait son café noir, pour faire comme sa mère. (« C'est merveilleux, Philly ; c'est tout à fait stimulant ; cela te remonte vraiment le moral ; c'est ainsi que le boivent toujours les Français. »)

— Tu veux de la glace ? proposa le plongeur. On a cinq parfums différents.

— Non, merci.

— Une part de tarte ?

— Non, ça va. Merci quand même.

— Tu sais quoi, petit ? Tu vas te déglinguer les tripes à ingurgiter toute cette caféine sans t'alimenter.

L'homme secoua la tête, un brin exaspéré.

— T'es vraiment un cas.

Sirotant sa tasse chaude avec une grimace, Phil se dit que ce vieux type avait raison, et faute de savoir quoi dire, ou comment se comporter pour changer cet état de fait, il se sentit plus malingre que jamais.

C'est alors qu'Aaron, l'aide-serveur, fit irruption dans la cuisine par les portes battantes qui donnaient sur la salle de restaurant ; il se débarrassa de son tablier et l'envoya dans le panier à linge. Puis il fonça droit sur le bac de glace aux noix et au sirop d'érable, en écrasa trois boules dans un ramequin et les dévora en six ou sept cuillerées. Il jeta ensuite la cuillère et le ramequin vide dans un évier plein d'eau chaude savonneuse et pivota pour rentrer chez lui.

— Bonne nuit, Aaron, lui lança l'une des serveuses, aussitôt imitée par les autres. Bonne nuit, Aaron... Bonne nuit, Aaron...

— Salut, les filles. On se voit demain, dit-il en s'éloignant.

Et Phil avait vraiment l'impression d'être un cas, quand il se retrouva au bord de la Route 9, pédalant en direction de la maison.

Mais durant ses brèves journées, quand il sentait son argent dans sa poche et que ses pneus bien gonflés chuchotaient sur les routes d'asphalte et de béton, il ne tardait jamais à se sentir bien mieux. Il pouvait se payer des tas de trucs, maintenant ; même des trucs dont il n'avait pas besoin. Un jour, dans les profondeurs bien ventilées d'une vieille quincaillerie, il s'acheta un couteau pliant juste parce qu'il appréciait son poids dans le creux de sa main ; et plus tard, sur le chemin de la maison, il s'arrêta encore une fois le temps de filer prendre un paquet de six barres de Milky Way, parce que Rachel lui avait souvent dit que c'était sa sucrerie préférée.

— Oh, comme c'est adorable à toi de t'en être souvenu, Phil. Quelle gentille attention ! lui dit-elle.

Elle ajouta qu'elle préférait les garder pour plus tard, si cela ne le dérangeait pas : elle allait les mettre au réfrigérateur et attendre qu'ils soient bien froids.

— Je parie que tu ne t'es rien acheté, j'ai raison, n'est-ce pas ?

— Bien sûr que si je me suis acheté quelque chose. J'ai fait un gros achat, même. Regarde.

— Oh, il est très beau. Mais je crains de ne pas pouvoir l'ouvrir avec mes ongles longs. Me feras-tu l'honneur de me le montrer, très cher ?

Phil sortit deux lames, une longue et une courte.

— Splendide, dit Rachel. C'est vraiment l'idéal, deux lames, pour ce genre de couteau. S'il contenait tous ces autres trucs qu'on trouve dans les couteaux de scouts, ça ne ferait que gêner et l'alourdir pour rien, tu ne trouves pas ? C'est tout à fait le genre de couteau qu'il te faut pour jouer au *mumblety-peg*[1] ou à d'autres trucs de ce genre. Il est joli et agréable en main.

— Oui, je suppose que tu as raison, lui dit-il en le reprenant. Je n'y avais pas vraiment réfléchi.

— Tu étais le meilleur joueur de *mumblety-peg* du quartier, quand tu avais onze ans. Je n'arrivais presque jamais à te battre à ce jeu-là. Ni à aucun autre jeu de précision, d'ailleurs.

1. Ancien jeu qui consistait à se tenir debout les jambes légèrement écartées et à jeter son couteau pour qu'il se plante le plus près possible de son pied.

— Bah, si tu préfères t'en souvenir comme ça... Quant à moi, je me souviens surtout qu'on n'y jouait presque jamais : on se contentait d'apprendre les différentes manières de lancer. On jouait à *jouer*, en réalité. C'est ce qu'on faisait tout le temps, avec tous les jeux ou les sports. Je ne me souviens pas d'avoir fait autre chose, pour ma part.

— Tu te trompes, Phil. Tu y jouais vraiment. Et je suis certaine que tu jouais au football aussi, quand nous vivions à Morristown ; je venais te regarder jouer presque tous les après-midi.

— Arrête ça, Rachel. Tu ne pouvais pas trouver pire exemple que le football. Je jouais à y jouer, c'est tout, et je me mettais tous les autres gamins à dos.

Mais elle défendait si sérieusement ses souvenirs fantaisistes, à présent, qu'il finit par la laisser croire ce qu'elle avait envie de croire. Rachel et lui n'étaient jamais très complices quand il s'agissait d'évoquer certains souvenirs.

Quand Evan rentra à la maison, cet après-midi-là, il était presque temps pour Phil de monter se laver pour aller travailler – presque mais pas tout à fait. Il était sur le point de s'échapper quand sa sœur lança :

— Tu n'as pas montré ton couteau à Evan, Phil.

Aussi, tel un enfant intimidé, il n'eut d'autre choix que d'offrir le petit couteau pliant à l'inspection et à l'approbation de son beau-frère.

— Hum. Ouais, il est bien, fit Evan.

Après quoi, Phil put enfin sortir de là. Il n'avait monté que deux ou trois marches quand il s'arrêta net lorsqu'il entendit un petit reniflement incrédule ou amusé.

— Il a vraiment seize ans ? demanda Evan.

— Bien sûr que oui, répondit sa sœur, agacée.

— Nom d'un chien. Quand j'avais son âge, je sortais pour m'envoyer en l'air.

— *Evan !*

Phil fit sa toilette, aussi calme que s'il avait déjà décidé de ne prêter aucune attention à la remarque d'Evan, de ne pas la laisser l'atteindre du tout ; cependant, il hésita un long moment à coiffer sa casquette de chauffeur avant de redescendre et de retraverser le salon. Il opta pour un compromis : il la fourra à moitié dans sa poche, laissant pendre le croissant de cuir de la visière, insensible au ridicule – ou pour montrer qu'il se moquait totalement du ridicule. C'est ainsi qu'il quitta la maison et parcourut l'allée où son vélo l'attendait sur sa béquille ; et ce n'est qu'une heure plus tard, s'adressant à voix haute au grillage qui le séparait du Sound, qu'il s'entendit dire :

— Ouais, ben, va te faire foutre, Shepard. Attends un peu, fils de pute. Tu ne riras plus de moi bien longtemps.

10.

— Chéri ? Prendras-tu ton petit déjeuner ici, aujourd'hui ? Ou préfères-tu le prendre dehors ? s'enquit Rachel Shepard.

— Je le prendrai dehors, je crois, répondit Evan. Ce sera plus simple.

C'était un des samedis où il rendait visite à sa fille – Rachel ne savait jamais trop comment se comporter, ces matins-là. Quand elle tentait de se montrer enjouée et légère, elle craignait de paraître *trop* enjouée et *trop* légère, et, cependant, lui laisser entrevoir le sentiment d'abandon et la jalousie qui allaient la ronger toute la journée aurait été une erreur bien pire. Elle avait toujours peur de soutenir le regard de son mari, comme aux premiers jours de leur rencontre, et, quand la porte se refermait derrière lui, elle ne pouvait s'empêcher de se sentir étrangement soulagée.

Quatre ans auparavant, les parents de Mary Donovan s'étaient rapprochés de la côte sud et de Grumman Aircraft où travaillait M. Donovan, et il était indéniable qu'au fil du temps leur attitude à l'égard d'Evan Shepard devenait de moins en moins cordiale. Grâce à l'immense véranda fermée par de grandes moustiquaires qui dominait leur nouvelle maison, ils s'arrangeaient pour éviter tout à fait de le saluer, à présent – comme ce matin-là. Il venait à peine de s'engager dans l'allée bétonnée quand l'une des moustiquaires s'ouvrit juste ce qu'il fallait pour laisser passer Kathleen, bien habillée, frétillante d'impatience et toute en longueur avec ses longs bras, ses longues jambes et ses cheveux au vent. Elle courut à lui – « Papa ! » – et il s'accroupit pour la cueillir dans ses bras. Lorsqu'il leva les yeux vers la maison, il surprit le mouvement lent d'une manche blanche dans la pénombre, comme l'ondulation d'un poisson à la surface d'une eau boueuse. Il n'aurait su dire si c'était M. ou Mme Donovan qui venait de le saluer, mais le sens du geste ne faisait aucun doute : c'était une simple reconnaissance de leur responsabilité partagée.

— Dis donc, c'est que tu es jolie. C'est une nouvelle robe ? demanda-t-il à sa fille.

— Oui. Maman me l'a achetée à New York.

— C'est chouette.

Il avait entendu d'autres pères dire que sept ans était « un bon âge pour les filles », et il comprenait ce qu'ils entendaient par là, à présent. De loin, Kathleen pouvait paraître frêle et dégingandée, mais ici, dans ses bras, elle lui communiquait la force rassurante de son jeune cœur vigoureux. Et il était indubitable que les filles de sept ans avaient un penchant inconditionnel pour leur père, ce qui ne manquait pas d'être appréciable. Il la reposa doucement sur le trottoir et lui prit la main.

— Alors, qu'aimerais-tu faire, aujourd'hui ? C'est toi qui choisis.

— Oh, ça n'a pas d'importance. On n'a qu'à décider plus tard.

Quand ils furent installés dans la voiture, il envisagea plusieurs possibilités.

— Et si on roulait le long de la côte ouest pour regarder les grosses vagues de l'océan s'écraser sur la plage ? Ou, si tu préfères, je crois qu'on a assez d'essence pour aller jusqu'à Montauk Point, là où il y a le phare, et où rien ne se dresse entre nous et l'Europe, à part une centaine de mouettes qui font un affreux vacarme dans le ciel.

— Oh oui, dit-elle en frottant ses mains entre ses petites jambes maigrichonnes. Ce serait vraiment génial, papa.

Vers une heure, ou plus, devant les restes d'un déjeuner de fruits de mer, dégusté à une table en plein air dans des assiettes en papier, Evan se sentit assez calme pour lui poser quelques questions directes sur sa mère.

— Elle va bien, répondit l'enfant en train de jouer avec une coquille de crabe, les doigts couverts de beurre. Elle a un nouveau travail, maintenant ; elle l'aime vraiment beaucoup.

— Quel genre de travail, ma chérie ?

Evan aimait bien lui poser ce genre de question, mais il savait que trop l'interroger aurait été une erreur, il s'agissait de s'arrêter au bon moment.

— Elle est gérante adjointe du service du soir, au Bill Bailey's de la Route 12, lui répondit Kathleen.

— Le vieux glacier ?

— Oui, sauf que ça a complètement changé, c'est beaucoup plus grand, maintenant. Ils ont tout remodelé et ils font presque tout ce qu'on veut, maintenant : des hamburgers, des frites, tout ça. Oh, et du poulet frit, aussi. Et en plus, maman dit qu'ils sont tous très gentils, là-bas.

— Eh ben, ça a l'air chouette. Mais, dis-moi, ma

chérie, tu ne m'as pas encore parlé de l'école. Comment ça se passe cette année ?

L'exaspération plissa son front de petits sillons bien nets.

— Ce sont les grandes vacances, papa. Nous sommes en juillet, et on a encore tout le mois d'août avant de...

— Je sais, je sais, la coupa-t-il, pour tenter de sauver la face. Tu me prends pour qui ? Un de ces pères idiots et ignorants qu'on n'ose même pas présenter à ses amis ?

Elle riait maintenant, et ses yeux brillaient d'un éclat presque trop beau pour être vrai ; toutefois, il savait d'expérience qu'il ne fallait pas trop se féliciter de ce retournement très momentané. Il allait devoir lui offrir une excuse valable s'il ne voulait pas que son rire se mue en brusque silence et qu'elle ne prenne cet air absent et désemparé qu'il ne savait jamais comment interpréter.

— Bien *sûr* que je suis au courant, Kathy. Je voulais juste savoir si tu étais contente à l'idée d'entrer en cours élémentaire. Parce que je sais que ça n'a pas toujours été facile pour toi, au cours primaire, qu'il y avait des enfants que tu n'aimais pas trop ; alors je me demandais comment tu allais aborder cette nouvelle année scolaire, c'est tout.

— Ah...

Elle poussa doucement son assiette sur le côté, comme si elle s'apprêtait à accomplir une tâche sérieuse.

— Ben, je pense que je devrais tenir le coup, dans l'ensemble ; presque tous les enfants sont gentils, à part cet horrible garçon.

Evan comprit aussitôt qu'il avait repris la main. Tout ce qu'il lui restait à faire, maintenant, c'était de hocher la tête et de froncer les sourcils aux moments opportuns pendant qu'elle lui parlait de l'horrible garçon ; ensuite, elle s'attendrait à ce qu'il lui offre des conseils pleins de sagesse, et ils pourraient se remettre en route pour leur étape suivante. Un jeu d'enfant.

L'horrible garçon s'appelait Sonny Esposito. Il était très méchant et bien trop grand pour son âge : il était si grand et si fort que tous les autres garçons le craignaient – il y en avait bien deux ou trois qui prétendaient ne pas avoir peur de lui, mais ils mentaient –, et il riait toujours très fort de trucs même pas drôles. Depuis le tout début de l'automne, il n'avait pas arrêté de martyriser Kathleen ; il avait attrapé son plus beau bonnet tricoté et il l'avait fourré tout au fond d'une bouche d'aération ; et, une autre fois, il avait décroché la tringle de la fenêtre de sa classe et il l'avait poursuivie avec dans le couloir, jusqu'à ce qu'elle finisse par se réfugier dans les toilettes des filles.

— Et le dernier jour d'école, il m'a suivie jusqu'à la maison, juste pour m'embêter, conclut-elle ; et il est resté dans la rue à pouffer et à dire : « J'en ai pas fini avec toi, Shepard, je ne fais que commencer. Attends un peu l'année prochaine. »

Et l'espace d'un ou deux battements de cœur, Evan ne put détourner ses pensées du fait que ce garçon l'avait appelée « Shepard ». Des années auparavant, peu après le divorce, les Donovan lui avaient fait part, avec tact, de la décision de Mary de reprendre son nom de jeune fille, pour l'université, et pour s'épargner les difficultés personnelles et administratives qui pourraient surgir ; il en avait aussitôt déduit que sa fille portait le nom de sa mère, d'où son étonnement. Nom d'un chien : sa fille s'appelait Kathleen Shepard.

— Ma foi, Kathy. Je ne vois là aucune raison de t'inquiéter. Peut-être que ce garçon essaie juste de te faire comprendre qu'il t'aime beaucoup. Tu y as déjà pensé ?

L'expression revêche qu'elle prit aussitôt indiquait clairement qu'elle trouvait cette idée grotesque.

— Oh, papa, soupira-t-elle.

— Non, attends. Je suis sérieux. Écoute-moi : quand j'étais petit, j'étais toujours horrible avec les filles pour lesquelles j'avais un faible. Je crois que j'agissais comme ça parce que...

— *Toi ?*

— Oui, bien sûr. Et je crois que j'agissais ainsi parce que je voulais qu'elles me remarquent, et que je me disais qu'il valait mieux être craint qu'ignoré. Bon. Tu sais ce que tu devrais essayer de faire avec Sonny Esposito ?

— Quoi donc ?

— Essayer de te montrer un peu gentille avec lui. Attention, pas trop gentille – certainement pas –, ni même très gentille ; juste un peu aimable, d'une manière discrète. Le jour de la rentrée, par exemple, tu pourrais lui dire : « Salut, Sonny », et voir sa réaction. Je ne serais pas étonné qu'il commence à se montrer plus gentil avec toi, lui aussi. Tu ne risques rien à essayer, non ?

Kathleen sembla y réfléchir.

— Hum. Peut-être, finit-elle par répondre, sans grande conviction, avec un pâle sourire empreint d'indulgence, comme pour lui dire qu'elle savait que cela ne servirait à rien, mais que ce n'était pas grave, parce qu'elle le trouvait quand même à la hauteur, à d'autres égards, comme père.

Il mit un moment à se rappeler où il avait déjà vu ce sourire : c'était de cette manière que Mary le regardait, aux tout premiers temps de leur histoire, chaque fois qu'il exposait son point de vue sur une question complexe de manière solennelle, sans même entrer dans le vif du sujet – et cette lueur d'indulgence dans son regard était une chose adorable et éblouissante.

Mais, à présent, il craignait d'avoir prêché en faveur d'une trop grande complaisance à l'égard de Sonny Esposito. Si le souvenir de sa propre méchanceté envers les filles était toujours vif, il se souvenait aussi qu'il n'avait commencé à agir de la sorte que bien plus tard, de la sixième à la quatrième, et un peu après ; il ne se rappelait plus son comportement à l'âge de Kathleen, et il n'aurait pas dû prétendre le contraire. Et si Sonny Esposito était réellement le petit roquet italien précoce que, d'emblée, tout père d'une fillette se devait d'avoir en horreur ?

— Je pense que ça vaut quand même la peine d'essayer. D'être un peu sympa avec lui. Pas toi, ma chérie ? Mais attention, je veux que tu me préviennes immédiatement s'il continue à t'embêter. D'accord ? C'est promis ?

— Oui, c'est promis, dit-elle, toujours sceptique.

— Parce qu'à ce moment-là j'appellerai le directeur et je m'arrangerai pour que ce garçon soit sévèrement réprimandé. (Et prenant sa grosse voix, il ajouta :) Ou je pourrais fort venir le chercher en personne dans ta classe, l'entraîner à part dans le couloir et lui dire : « Écoute, Esposito : Je te conseille de laisser ma petite fille tranquille si tu ne veux pas t'attirer d'ennuis. De gros ennuis, compris ? »

— Oh, *papa*.

— Qu'est-ce qu'il y a, encore ?

— Rien, c'est idiot, c'est tout. Aucun père ne fait ce genre de chose.

— Et que font les autres pères ?

— Je n'en sais rien.

— Dis donc, Kathy, pourquoi tu me parles de ce garçon si tu ne veux pas de mes conseils ?

— Je n'en sais rien.

Elle fixait les voitures qui filaient sur l'autoroute, au loin, et il voyait ce qu'il fallait de son visage pour deviner qu'elle avait repris son air vague et désemparé.

— Eh bien, j'ai l'impression que toi aussi tu peux être un peu idiote, parfois.

Il sentit qu'il était temps de changer de sujet.

— Prête à reprendre la route ? Qui sait, on trouvera peut-être d'autres choses à faire en chemin ?

— Ouais.

Il ne voyait pas de quelles « autres choses à faire en chemin » il voulait bien parler, à part s'arrêter au mini-golf qui bordait la route, dont ils s'étaient tous deux lassés lors de leurs sorties précédentes. Enfin, en dernier recours, il y avait toujours le grand magasin de jouets à prix réduits, non loin de chez elle, ils pourraient y passer en rentrant.

Quand Kathleen lui dit au revoir et se tourna vers la façade sombre de la maison de ses grands-parents, se servant ostensiblement de ses deux bras pour porter les quelques babioles qu'il lui avait achetées, Evan guetta le mouvement du bras, derrière la moustiquaire, et y répondit par un geste guilleret plein de jeunesse avant de regagner sa voiture.

Mais, sur le trajet du retour, il y avait toujours ce sentiment de profonde tristesse, voire d'inadéquation – (« Et que font les autres pères ? ») –, sinon d'échec. Mince, cette chose qu'on appelait le divorce laissait franchement à désirer.

Pendant un moment, il roula sagement en direction de Cold Spring, accélérant un peu pour ne pas manquer le dîner ; mais, bientôt, une pensée rebelle s'insinua : au diable le dîner. Les Drake pourraient bien manger sans lui, pour une fois, ils risquaient même de se réjouir de son absence.

Il trouva sans peine le chemin de la Route 12 et continua en direction de l'est à une allure que n'importe qui aurait qualifiée de tranquille. Et n'importe qui aurait deviné sa destination, il ne se faisait guère d'illusions – loin de là. Dès que la longue devanture illuminée du Bill Bailey's apparut au milieu d'un petit groupe de surfaces commerciales, sous le ciel assombri, il constata que Kathleen avait raison : c'était un établissement bien plus impressionnant que l'endroit modeste qu'il avait connu jadis. Mary devait bénéficier de conditions de travail plutôt agréables – si son poste de « gérante adjointe du service du soir » la préservait un peu de la chaleur et de la frénésie dans lesquelles évoluait le personnel de service en terrasse, où les commandes et l'argent ne cessaient de changer de main.

Il ralentit pour se joindre à la file de clients affamés, puis s'arrêta soudain : ce n'était pas une bonne idée. Elle travaillait le soir, et il ne faisait pas encore nuit ; on allait lui suggérer de revenir plus tard ou d'attendre – et s'il décidait d'attendre dans une de ces alcôves aseptisées et suffocantes, il risquait d'être sur les nerfs quand elle apparaîtrait et le découvrirait là. Non, il valait mieux qu'il se trouve un autre endroit où l'attendre – voire, si les doutes qui l'assaillaient ne se dissipaient pas, qu'il fasse demi-tour sur-le-champ et rentre chez lui. Il pourrait toujours revenir un autre soir, après la tombée de la nuit, quand il aurait davantage de courage.

Aussi reprit-il le chemin de la maison, où Rachel lui avait gardé son dîner au chaud. Il laissa passer trois ou quatre soirs – il fallait savoir se montrer patient dans certaines situations – avant de se sentir assez brave pour retenter le coup.

— Où vas-tu, chéri ? lui demanda Rachel, quand elle le découvrit fraîchement douché et sur le point de passer une chemise propre, en entrant dans leur chambre, ce soir-là.

Les yeux élargis par la surprise et la bouche pincée, elle ne chercha même pas à masquer son trouble.

— Juste faire un tour, j'ai besoin de sortir de cette maison un moment. De me retrouver un peu seul. Tu n'y vois pas d'inconvénient, dis ?

Elle lui assura qu'elle n'en voyait aucun, ce qui, d'une certaine manière, légitima son escapade. Vingt minutes plus tard, il filait en direction des lumières de la Route 12, espérant qu'il ne ferait pas demi-tour, cette fois.

Tous les jeunes gens affairés qui tenaient le stand « à emporter » du Bill Bailey's étaient coiffés d'un calot de marin en gaze blanche amidonnée ; un truc si léger que les filles devaient le fixer sur leur tête à l'aide d'une pince à cheveux. Ils paraissaient tous trop surmenés pour être dérangés par des questions sans rapport avec leur travail. Cependant, Evan aperçut une petite femme d'une quarantaine d'années qui les observait à distance – sans doute leur supérieure ; il s'approcha du comptoir et l'interpella poliment.

— Excusez-moi, madame, savez-vous où je pourrais trouver Mlle Donovan ? Mary Donovan ?

— Je ne connais personne de ce nom-là. Désolée.

— À moins que... peut-être qu'on l'appelle Mary Shepard, ici.

— Oh, Mary Shepard. Oui, bien sûr. Elle se trouve au deuxième étage. Vous voulez bien faire le tour, je vais vous ouvrir la porte de service, sur le côté.

C'était étrange d'être accueilli derrière le comptoir d'un commerce, c'était comme d'être autorisé à passer de l'autre côté du guichet de la banque ; et tout aussi étrange d'être conduit à un escalier bien éclairé qui sentait le bois frais et paraissait si neuf et marqué d'empreintes de doigts qu'on aurait dit que des menuisiers l'avaient cloué sur place le matin même. Il se retrouva alors devant la porte entrouverte d'un petit bureau aux murs en contreplaqué brut, et aperçut Mary, seule à l'intérieur, debout devant un classeur à tiroirs. Elle lui tournait le dos, mais il la reconnut à sa chevelure luxuriante et à ses jambes ; et il n'eut qu'à pousser la porte pour qu'elle s'ouvre en grand.

— *Evan ?* Eh bien, je... qu'est-ce que... Quelle surprise ! dit-elle.

Oui, pour lui aussi ce fut une surprise. Il fut surpris par son sang-froid et par son assurance quand elle s'installa à son bureau et l'invita à s'asseoir sur la chaise, juste à côté ; et il fut surpris par l'aisance et la chaleur du petit échange qui suivit. Comme pour mettre l'accent sur tout ce qui les unissait encore, ils parlèrent d'emblée de Kathleen et reconnurent tous deux qu'elle devenait très mignonne et très fine.

— Et elle apprécie vraiment le temps qu'elle passe avec toi, Evan. Elle parle beaucoup de toi.

— C'est bien. C'est vraiment... ça fait plaisir à entendre.

Quand il l'invita à prendre un verre, elle regarda sa montre-bracelet – il avait oublié le galbe de ses avant-bras.

— J'en ai encore pour une heure, ici, mais d'accord, dit-elle. Avec plaisir. Si ça ne t'embête pas d'attendre, je veux dire.

Cela ne l'embêtait pas du tout. Une fois en bas, seul

sur la terre battue, juste en face de l'établissement, il éprouva une certaine pitié pour la chef de comptoir et pour tous ses protégés, empressés, surmenés et renfrognés ; parce que aucun d'eux ne semblait attendre quoi que ce soit de cette soirée, ni d'aucune autre.

Il passa presque toute l'heure à fumer plus de cigarettes qu'il n'en avait envie, assis dans sa voiture en marche, essayant de tirer un son à peu près convenable, ne serait-ce qu'un vrombissement régulier, de son autoradio. Il n'avait jamais rien tiré de bon de ce petit poste de radio merdique, tout comme les précédents propriétaires de la voiture, sans doute, même s'il avait sûrement fait la fierté du premier gars qui était sorti du garage du concessionnaire au volant de cette foutue caisse, à peine deux ans auparavant.

L'heure enfin écoulée, il guetta la porte de service du Bill Bailey's, sur le qui-vive ; et quand Mary finit par apparaître, il coupa son moteur et bondit de son siège pour aller l'accueillir.

— Ben mince, dit-elle. Elle est à toi, cette voiture ? Elle est neuve ?

— Euh, non, c'est un modèle de 40, répondit-il, intimidé ; c'était déjà une quasi-épave quand je l'ai reprise ; un boulot dingue, à l'avant comme à l'arrière. Mais elle tourne plutôt bien, maintenant.

— Ça ne me surprend pas, dit-elle, une lueur taquine dans le regard. Tu as toujours été un génie de la mécanique, pas vrai.

Elle lui parla d'un endroit sympa, à deux ou trois kilomètres, en continuant sur la même route – l'Oliver's. Le problème était qu'il fallait qu'elle prenne sa voiture, elle aussi, pour pouvoir rentrer directement chez elle et se rendre au travail le lendemain. Pouvait-il la suivre, avec l'engin sublime qu'il avait là ?

— Avec plaisir, m'dame.

Il leva la main à sa casquette de chauffeur imaginaire : un geste qui lui rappela son merdeux de beau-frère, mais que Mary sembla trouver charmant. Elle plissa les yeux le temps de lui offrir un petit rire enjoué et lui assura qu'elle ne serait pas longue.

— Bah, nous n'étions que des enfants, Evan, expliqua-t-elle une demi-heure plus tard, devant son deuxième verre, dans une alcôve semi-circulaire de l'Oliver's. On aurait aussi bien pu avoir douze ou treize ans quand... on s'est mariés. Ce n'est pas ton sentiment ?

Il observa la salle de ce petit bar voluptueux – ou plutôt, il essaya : pourquoi avaient-ils à ce point baissé la lumière ? (Était-on censé venir ici pour se bécoter et se peloter ? Était-ce le genre d'endroit où l'on pouvait glisser un doigt à sa nana pendant qu'un juke-box gémissait une chanson crétine sur l'amour en temps de guerre ?)

— Euh, si, bien sûr, s'empressa-t-il de répondre. Mais... dis-moi, pourquoi as-tu repris mon nom ? Et j'ai vu que tu l'avais donné à Kathy aussi ?

— Oh, je n'attacherais pas trop d'importance à tout ça, si j'étais toi, dit-elle du même ton mesuré, purement explicatif. Je l'ai fait il y a quelques années, lorsqu'elle est entrée à l'école. Ça paraissait idiot de ne pas le faire, à l'époque, et de toute façon j'ai toujours préféré « Shepard » comme nom.

Il ne s'en tirait pas aussi bien qu'il l'espérait – c'était clair –, mais, au moins, leur conversation n'était pas encore poussive, ni contrainte ; elle était toujours animée. Il n'y avait qu'à jeter un petit coup d'œil du côté de leur petit recoin sombre pour s'apercevoir qu'ils passaient un moment plutôt agréable.

— Alors, tu en es où avec ton dentiste ? demanda-t-il.

— De quel dentiste tu veux parler ?

— Ta mère m'a dit que tu t'étais fiancée à un étudiant en dentaire, une fois.

— Mon Dieu. C'était il y a des lustres ; je venais d'entrer à l'université ; et nous n'étions certainement pas « fiancés ». Encore un truc que ma mère a mal interprété. Elle ne prend jamais les choses comme on les lui dit, comme tu as eu l'occasion de t'en rendre compte.

Il songea que c'était le bon moment pour lui demander : « Et combien y a-t-il eu d'autres gars, depuis ? » ou : « Et ton homme du moment, il est comment ? » Mais il n'avait pas encore réussi à formuler la question qu'elle reprit la parole :

— Et toi, Evan ? Comment est ta femme ?

— Elle est... gentille. Très gentille. Je pense que c'est en partie le problème. Elle a un côté petite fille... non, c'est vraiment une petite fille. En fait, tout allait plutôt bien quand on vivait seuls, dans notre propre appartement d'Amityville ; c'était sympa là-bas... mais depuis qu'on habite avec sa vieille mère cinglée dans une baraque minable... Non, écoute, Mary, j'aimerais autant ne pas parler de ça maintenant, tu veux bien ?

— Bien sûr que je veux bien. Dis-moi ce que tu as envie de me dire, et ne me dis pas le reste. Aucun problème.

Evan venait de lui en révéler bien plus qu'il n'aurait voulu sur sa vie privée, et voilà qu'il se sentait stupide de s'être tu.

L'absence de lumière – ou presque – présentait au moins un avantage : ici, n'importe quelle fille aurait pu passer pour une déesse. Oh, si seulement il pouvait se taire un moment et se détendre assez pour apprécier la manière dont cette fille-là lui apparaissait sous cet éclairage – ces beaux yeux un brin moqueurs, ces pommettes délicates et cette riche cascade de cheveux –, oui, il était peut-être encore temps de savourer l'instant subtil. Et, nom d'un chien, qu'espérait-il de plus ? Qu'est-ce qu'il était assez stupide pour espérer d'autre ?

— Je te commande un autre verre ? lui demanda-t-il.

— Non, il se fait tard, répondit-elle – d'un ton plutôt gentil, dut-il reconnaître.

Et puis, comme si elle n'avait d'autre but que d'autoriser le cœur d'Evan à battre, ses poumons à se remplir de nouveau, Mary ajouta :

— Mais, je me demandais si tu aimerais voir mon appartement – c'est à deux pas d'ici –, on pourrait y prendre un dernier verre.

En la suivant sur une longue route de macadam qui traversait des plantations de pommes de terre (pour la deuxième fois de la soirée, il fut content de la voir rouler dans sa vieille guimbarde poussiéreuse du début des années 1930 qui suggérait qu'elle ne s'était pas mise avec un riche connard), Evan Shepard comprit qu'il serait le dernier des abrutis s'il laissait cette fille lui échapper.

Son appartement occupait le niveau inférieur d'une ancienne ferme agricole ; elle lui avait donné un cachet intellectuel en recouvrant presque tous ses murs d'étagères de livres et de disques de phonographe. Mais ces pièges d'étudiante resteraient sans effet, soupçonna-t-il, s'il agissait vite – peut-être même maintenant, alors qu'elle tendait la main pour ouvrir le placard des alcools –, et il avait raison. Il n'eut qu'à s'approcher assez près pour lui toucher la taille, et dire « Mary », pour qu'elle se retourne et soit de nouveau à lui.

— C'est étrange, dit-elle, une fois dans ses bras.

L'espace d'une seconde, il crut qu'elle allait se tortiller pour se libérer, mais elle se contenta de répéter :

— C'est vraiment étrange, tu ne trouves pas ? Oh, Evan...

Ils trébuchèrent, ou titubèrent, et atterrirent sur une sorte de lit composé d'un cadre à ressorts et d'un matelas – un canapé-lit d'étudiant – et quand ils eurent réussi à se relever, haletants, ce ne fut que pour se débarrasser de leurs vêtements d'été.

Et c'était peut-être foutrement étrange, mais c'était en train de se produire, c'était vrai : il retombait amoureux de Mary. Oh, ces seins qui l'avaient rendu fou au lycée, ses jambes sublimes, et là, son doux buisson humide, son mont, vivant sous sa main. Oh, mon Dieu ; oh, Mary...

— Evan. Oh, Evan Shepard..., ne cessait-elle de répéter.

Ils prirent leur temps, firent durer l'instant le plus longtemps possible, comme ils savaient le faire, et, quand ce fut terminé, n'éprouvèrent aucun besoin de se séparer avant un long moment.

Allongé sur le dos, reprenant son souffle les yeux fermés, Evan regretta qu'ils n'aient pas eu l'idée d'éteindre les lampes de cette pièce dédiée à l'éducation et à la culture. Il espérait que Mary serait la première à reprendre la parole, mais elle fila à la salle de bains sur la pointe des pieds et y resta assez longtemps pour qu'il décide de se lever et de repêcher ses vêtements, un peu ahuri. Quand elle ressortit dans un peignoir en coton qui lui arrivait aux genoux, il était habillé et fixait les tranches des livres qui recouvraient un mur.

— Café ? demanda-t-elle.

Oui, autant prendre un café dans sa cuisine où ne trônait aucun emblème de son intelligence supérieure à la moyenne. Une ou deux minutes plus tard, il était presque aussi détendu qu'auparavant et devinait déjà comment il se sentirait sur le chemin du retour : il se ferait l'effet du dernier des monstres.

— ... J'ai entendu dire qu'ils t'avaient réformé, disait Mary, de l'autre côté de la table de la cuisine. Ça m'a fait plaisir pour Kathy, bien sûr, mais j'étais désolée pour toi, parce que je crois que tu aurais préféré être incorporé.

— Ouais, c'est vrai, mais bon, personne n'y peut rien. Et puis, c'est de l'histoire ancienne, maintenant. Je n'y pense plus tant que ça, je vis... au jour le jour.

— C'est bien. C'est important de séparer le quotidien de l'histoire ancienne, pas vrai...

Quand il fut prêt à partir, elle se leva et l'étreignit devant la porte de la cuisine avec une distance étrange.

— Dieu que c'était bon, Mary, souffla-t-il contre ses cheveux. Je pourrais revenir te voir, un de ces jours ? Après t'avoir appelée, je veux dire.

La réponse se fit un peu attendre.

— Je suppose que oui... tant que tu n'en fais pas une habitude.

Et ce fut la seule note discordante, la seule déception cuisante de la soirée, qu'il tourna et retourna dans sa tête sur le chemin du retour, et le lendemain, à l'usine.

« Tant que tu n'en fais pas une habitude » : seule une fille froide, une fille « dure », pouvait prononcer de tels mots, et Evan savait qu'ils ne le quitteraient pas durant plusieurs jours, parce que, lorsqu'ils étaient ensemble – même dans leurs pires moments –, il n'avait jamais soupçonné Mary d'être ce genre de fille-là.

11.

Un matin, Rachel descendit doucement l'escalier dans une robe de chambre pas très nette, et se posta à l'entrée du salon, comme si elle s'apprêtait à faire une déclaration. Elle regarda chaque membre de leurs deux foyers – d'abord Evan, qui ouvrait sobrement le journal du matin, puis Phil qui était rentré du travail depuis des heures mais n'avait pas encore envie de dormir, et enfin sa mère, qui dressait la table du petit déjeuner –, puis, pénétrant dans la pièce, un sourire incertain aux lèvres, elle leur dit :

— Je vous aime, vous tous.

Son aveu aurait sans doute eu le simple effet apaisant souhaité si sa mère n'avait aussitôt cherché à exploiter la charge émotionnelle qu'il contenait.

— Oh, Rachel ! C'est si adorable de ta part de nous dire ça !

Elle se tourna vers Evan, puis Phil, comme s'ils étaient trop grossiers et balourds pour s'en rendre compte tout seuls.

— N'est-ce pas adorable de la part de cette jeune femme, de nous faire une telle déclaration, un vendredi matin tout à fait ordinaire ? Nous devrions avoir honte de nos chamailleries et de nos petits silences égoïstes.

Rachel, je n'oublierai jamais ce moment. Vous avez une femme merveilleuse, Evan, et j'ai une fille merveilleuse. Oh, Rachel, sois assurée que toutes les personnes présentes sous ce toit t'aiment aussi, et que nous sommes tous extrêmement contents de voir que tu te sens bien.

Au comble de l'embarras, Rachel hésita à prendre place à la table ; elle coula un regard contrit à son mari, puis à son frère, mais l'un comme l'autre manquèrent le message qu'on pouvait lire dans ses yeux.

Et Gloria n'en avait pas encore terminé.

— Je crois sincèrement qu'aucun de nous n'oubliera jamais ce moment. Notre petite Rachel – ou notre *grosse* Rachel, devrais-je dire – qui descend et qui nous déclare : « Je vous aime, vous tous. » Savez-vous ce que j'aurais aimé, Evan ? J'aurais aimé que votre père soit ici, ce matin, pour partager cet instant avec nous.

Cette fois, Gloria elle-même sembla se rendre compte qu'elle était allée un peu loin. Dès qu'elle eut fini de parler, ils attaquèrent tous leur petit déjeuner, qu'ils mangèrent dans un silence affairé, jusqu'à ce que Phil marmonne : « Excusez-moi », en repoussant sa chaise de la table.

— Où penses-tu donc aller ainsi, jeune homme ? s'enquit Gloria. Tu ne vas nulle part tant que tu n'as pas terminé cet œuf.

— C'est que, en toute sincérité, chérie, je suis à court d'excuses, disait Charles Shepard devant son propre petit déjeuner, à l'autre bout du village. Et cela risque d'être bien moins difficile à supporter que tu ne l'imagines. Il s'agit juste de sauver les apparences, une bonne fois pour toutes, et nous en aurons terminé avec tout cela.

Grace insista – elle ne voyait toujours pas pourquoi ils ne pouvaient faire venir cette femme chez eux.

— Ça devrait suffire, non ? Ce serait plus raisonnable, aussi, puisqu'elle sait que je suis confinée à la maison.

— Non, ça ne suffira pas.

Il avait déjà tenté de lui expliquer qu'il ne voulait pas inviter Gloria Drake chez eux, parce qu'il craignait de ne pouvoir maîtriser la durée de cette rencontre – et pis, parce qu'elle risquait de se sentir autorisée à repasser les voir un après-midi, puis un autre et encore un autre. Il lui exposa de nouveau le problème, avec beaucoup de patience, mais Grace était trop grognon pour l'écouter.

— Oh, c'est ridicule, à la fin. C'est absurde. Et tu ne me ferais pas la leçon de cette manière, Charles, si tu avais une idée de ma pression sanguine.

Alors, il cessa de lui faire la leçon. Quand elle fut prête à se retirer sur la véranda pour la journée, il l'entoura d'un bras pour prévenir une chute éventuelle et l'aida à avancer, tout doucement.

En dehors d'Evan et de quelques voisins proches, Charles était le seul à savoir que Grace n'avait aucune raison de rester « confinée à la maison ». Plusieurs fois par an, quand elle avait très envie de voir un film, elle insistait pour qu'il l'accompagne au cinéma et le pressait même dans l'escalier sombre qui menait au balcon, où l'on était autorisé à fumer ; de là-haut, il jetait des regards furtifs autour de lui, de peur de reconnaître des gens du village dans le public – des clients de la boucherie, ou de la blanchisserie, par exemple.

Il savait qu'il finirait par la persuader de rendre visite à Gloria Drake, même si ce n'était pas pour aujourd'hui. Tout ce qu'il pourrait faire, une fois qu'il l'aurait installée sur sa chaise longue avec sa fine couverture et son magazine, c'était de retourner à la cuisine pour lui préparer son verre du matin.

Phil Drake dormit très peu, ce jour-là. Il ne cessa de se retourner dans son lit et de frapper son oreiller pour lui faire prendre toutes sortes de formes, comme si ça pouvait l'aider, mais chaque vague de sommeil charriait de vilains rêves, semblables à ceux des enfants fiévreux, dont il ne tardait pas à s'éveiller. Et alors, il se retrouvait à la merci de pensées aussi désordonnées que débridées, qui n'avaient aucun sens. Rien n'avait de sens, songea-t-il, se revoyant à l'école, assis dans le silence quasi total de la salle d'étude, capable de fixer son manuel pendant une heure et demie sans en tourner une page, ni même en lire une ligne.

Le jour de son arrivée dans cette maison, sa mère avait écarté de l'index les rideaux à pois de la porte de la chambre de Rachel et Evan (« Oh, bien, elle est réveillée ») ; et depuis cet instant, même s'il refusait d'y penser, il savait que ce serait un jeu d'enfant de les regarder s'envoyer en l'air. L'occasion était là, chaque soir et presque chaque après-midi – et depuis qu'il travaillait chez Costello's, chaque matin, aussi –, et, pourtant, il la considérait moins comme une tentation que comme une raillerie ou une parodie de ce qu'impliquait ce genre de tentation. Il savait qu'il ne serait jamais assez minable pour s'abaisser à cela, et éprouvait parfois un regain d'amour-propre quand il passait devant cette porte faiblement voilée.

Mais, ce matin, de retour du travail, alors qu'il errait dans la maison sans désir de se coucher, il avait regardé le soleil se lever de chaque pièce, hormis de cette chambre-là, et il s'était pris à songer sérieusement à la porte et au rideau. Il était allé jusqu'à se poster devant, un instant, sans respirer, le doigt tendu à deux ou trois centimètres du tissu ; pour savoir ce que cela faisait d'être si près de commettre l'impardonnable. Et tandis qu'il tournait les talons (pour rejoindre sa chambre), il avait compris qu'il ne pourrait plus jamais considérer la chose comme une raillerie ou une parodie : il s'agissait bel et bien d'une tentation.

Et maintenant, alors qu'il attendait au lit, sans dormir, que la journée s'écoule, il se sentait incapable de coordonner ses pensées en un tout plus cohérent que cette idée sinistre et prégnante que rien en ce monde n'avait de sens. Les forces et les événements qui traversaient cette maison ne rimaient à rien, non plus que le parking où il traînerait toute la nuit pour glaner quelques piécettes. Ce n'était guère plus qu'un boulot de mendiant, de toute façon ; il doutait que quiconque s'apercevrait de son absence s'il arrêtait de s'y rendre du jour au lendemain. Les voitures se gareraient où il fallait, l'« organisation » se ferait d'elle-même et les clients se débrouilleraient pour entrer et sortir du restaurant sans la stupide lampe de poche de Phil Drake. Néanmoins, travailler semblait préférable à rester ici.

Rachel était seule dans la cuisine – c'était son tour de cuisiner –, ce fut donc elle qui lui servit son dîner ; ce qu'il apprécia d'autant plus qu'il n'aurait pas supporté la présence de sa mère, ce soir-là.

— Je suis presque certaine que le bébé va naître avant ton départ pour l'école, lui dit-elle. Vous pourrez... faire un peu connaissance, comme ça.

— Ouais, ce serait bien.

Peut-être que Rachel les aimait vraiment tous ; mais si ce n'était pas le cas, ou pas tout à fait le cas, son numéro était très convaincant.

— Et il ne faut pas t'en faire si Evan se montre un peu abrupt et grossier, ces derniers temps. Je crois que c'est surtout parce qu'il ne se fait pas vraiment à l'idée d'être père... pour la *seconde fois*, j'entends ; mais ça viendra.

Phil lui assura qu'il comprenait.

Ce soir-là, sa nuit au Costello's ne se résuma pas à une simple déambulation rêveuse en attendant la fin de son service : peu après minuit, il commit sa première erreur stupide de l'été.

Sur la gauche, la limite du parking était imprécise – on avait du mal à voir où se terminait le parking du Costello's et où commençait celui de la station-service Gulf –, si bien que, le jour où il avait pris son poste, le gérant du restaurant avait conseillé à Phil de porter une attention particulière à cette zone délicate. Elle pouvait avoir ses avantages les soirs d'affluence, lui avait-il expliqué, parce qu'il pouvait caser trois ou quatre voitures de plus le long de cette zone floue – les gars de la station Gulf ne viendraient sans doute pas s'en plaindre –, mais il fallait faire attention aux couples de lycéens qui tentaient de s'y garer pour « rester là ». Si possible, il devait essayer de les décourager d'approcher avec sa lampe de poche – ils savaient bien que ce n'était pas une planque pour amoureux –, mais, une fois qu'ils étaient là, il valait sans doute mieux leur ficher la paix.

Le problème est qu'il s'aventura trop près de la zone délicate et ouvrit la portière passager d'une voiture débordante d'activité sexuelle : un couple se tortillait à l'avant, et un autre à l'arrière. Une bouteille de whisky ouverte tomba à ses pieds et son contenu se déversa sur le gravier ; il vit les seins nus d'une fille, qui hurla et se couvrit aussitôt, tandis que l'autre lançait : « Hé, *salut*, Galahad », d'une voix trop rauque pour appartenir à une lycéenne – tout cela avant qu'il referme la portière et s'éloigne comme si de rien n'était. Il fit dix ou douze pas, s'attendant à ce que l'un des gars – ou hommes –, sinon les deux, s'élance derrière lui, le fasse pivoter et lui casse la gueule ; puis, constatant qu'il s'en sortait sans dommage, il supposa que l'endroit était assez éclairé pour qu'ils se soient aperçus de sa jeunesse et de sa pitoyable innocence. Bientôt, la voiture démarra, fit demi-tour sur le parking de la station-service et s'éloigna sur la Route 9, mais Phil continua à trembler un long moment, après leur départ, sa lampe de poche poisseuse de sueur dans la main. Il avait honte de sa bêtise – sa seule consolation était qu'aucun employé du Costello's n'ait été témoin de sa bourde –, et il passa le reste de la nuit à se demander si la vision des seins nus de cette fille allait ou non le hanter.

À trois heures et demie, une demi-heure avant la fin de son service, la porte d'entrée du personnel s'ouvrit à la volée, projetant un rai de lumière jaune sur le parking, et une vieille voix éraillée l'appela.

— Hé, petit, tu veux bien venir ici ?

C'était le plongeur émacié qui l'avait traité de cas ; mais il avait clairement autre chose à l'esprit, pour l'instant.

— C'est que, je suis supposé rester ici jusqu'à...

— Allez, au diable les bagnoles. Il y a plus important.

Tout n'était qu'animation et allégresse, de l'autre côté de la porte : ils avaient organisé une fête pour Aaron ; c'était son dernier soir de travail avant son départ pour l'armée.

La cuisine et le garde-manger étaient bondés de collègues venus lui souhaiter bonne chance – le gérant de nuit était là, à rire et à boire, lui aussi –, et Aaron évoluait gaiement parmi eux, leur serrant la main et s'arrêtant pour échanger de chastes baisers avec les filles. Il portait encore sa chemise blanche et le nœud papillon noir de sa tenue de serveur, mais son tablier avait déjà atterri dans le panier à linge pour la dernière fois.

— Salut Phil, content de te voir, lui lança-t-il en passant.

Phil fut touché qu'il se rappelle son prénom.

Des caillebotis de la cuisine avaient été empilés contre un mur pour servir de petite scène improvisée ; le maître d'hôtel portugais grimpa dessus et se pencha pour aider Aaron à le rejoindre ; puis, le joyeux brouhaha s'estompa et le maître d'hôtel offrit un discours d'introduction avec un accent si prononcé que les seules phrases intelligibles furent : « ... notre grande estime... notre éternelle admiration... nos vœux les plus sincères. » Ensuite, une serveuse montra les deux cadeaux achetés grâce à la collecte effectuée auprès de tous les employés – à l'exception de Phil ; une montre-bracelet en argent et un bracelet d'identification militaire en argent. Lorsque les applaudissements s'apaisèrent, ce fut au tour d'un Aaron encore rouge de reconnaissance et d'embarras de prononcer quelques mots.

— Ben, je ne sais pas trop quoi dire, à part, merci à tous – vraiment, de tout cœur. Oh, et je suis content que ma petite amie, Judy, soit ici ce soir, parce que je cherche toujours de nouvelles manières de l'impressionner, et cette fois je n'aurais pas pu en trouver de meilleure. Jusqu'ici, je me contentais surtout de suggérer que j'étais un as du football, mais le problème, c'est que je ne le suis pas : j'ai toujours été un joueur assez médiocre. Même en dernière année, je n'ai réussi à jouer que deux ou trois matches alors que notre équipe menait déjà de trente-six points ; je me disais qu'elle ne découvrirait jamais la vérité parce qu'on allait à deux lycées différents, séparés d'une vingtaine de kilomètres l'un de l'autre, et qu'on ne se connaissait même pas, à l'époque. Bon, ben, tu sais à quoi t'en tenir, maintenant, chérie (il jeta un regard à une fille rieuse, au premier rang) ; tu n'imagines pas mon soulagement quand je pense que je n'aurai plus à la ramener avec ça.

« Non, mais, le plus important, ce soir, en dehors de l'amitié que je vous porte – oh, et à part le fait que vous allez tous me manquer, quand je serai loin –, le plus important, c'est que je n'aurais pu rêver de plus bel au revoir.

« Je pense qu'aucun homme ne sait vraiment ce qui l'attend à l'armée. On a fait plein de films là-dessus, mais les films ne prétendent même pas montrer la réalité de l'armée et de la guerre, pas plus qu'ils ne nous montrent jamais ce qu'est l'amour.

« J'espère servir dans l'infanterie, j'ai toujours aimé cette idée ; et, s'ils décidaient d'envahir l'Europe, j'espère être envoyé là-bas, et pas dans le Pacifique, parce que tous mes proches sont juifs. Mais on ne sait jamais, je pourrais aussi bien être affecté au ravitaillement ou au versement des soldes dans le Nebraska, ou ailleurs.

« Bon, je sais que je parle trop, mais j'en ai presque terminé. La seule chose que je voudrais ajouter... je voudrais juste ajouter... Dieu vous bénisse tous et bonne nuit. »

Quelques filles versèrent des larmes en plus de joindre leurs acclamations à la grande ovation qui suivit, et la jeune Judy monta sur la scène pour embrasser Aaron et presser son visage contre son sweat-shirt.

En rentrant chez lui, la tête pleine de ces réjouissances, Phil Drake se sentait presque prêt à croire de nouveau que le monde avait un sens ; et ce n'était peut-être pas grand-chose, mais il savait qu'il allait dormir comme un bébé.

Lorsqu'il descendit, ce soir-là, Rachel était seule dans le salon, assise confortablement sous une bonne lampe, avec un panier à couture sans doute choisi comme accessoire pour parachever l'image de la jeune épouse satisfaite qu'elle voulait donner d'elle.

— Evan sort ? Où il va ? demanda-t-il.

— Je ne sais pas.

Elle coupa un bout de fil avec ses dents avant de lui offrir une réponse plus détaillée.

— Je ne sais pas où il va, parce que je ne lui ai pas posé la question. Ce n'est pas parce que les gens sont mariés qu'ils doivent tout savoir l'un de l'autre à chaque instant, tu sais. On a tous le droit à nos moments d'intimité, tu ne crois pas ?

— Euh, si, bien sûr, s'empressa-t-il de répondre. Je ne voulais pas avoir l'air de... oui, bien sûr, je sais. Évidemment.

Leur mère arriva alors de la cuisine, tapotant ses cheveux d'un geste machinal.

— Evan est sorti, chérie ? Où va-t-il ? demanda-t-elle.

En dépit des feux de signalisation, qui jouaient parfois en sa défaveur, Evan traversa l'étendue plane de l'île en un temps très honorable. Il approchait de l'intersection de la Route 12, quand il s'arrêta pour passer l'indispensable coup de fil d'une cabine publique.

— Est-ce que j'aurais l'air d'en « faire une habitude » si je passais chez toi, ce soir ?

— Oh, je ne dirais pas que j'ai eu *tout* mon quota d'hommes, disait Mary, alors qu'ils se prélassaient dans son lit en discutant, quelques heures plus tard ; mais je ne dirais pas non plus que j'en ai eu beaucoup *moins* que mon quota.

Elle était allongée sur le dos, le drap remonté deux centimètres au-dessus des tétons, apparemment inconsciente de ce que sa posture avait de provocant ; Evan regretta un peu d'avoir amené la conversation sur ce sujet.

— Et je crois que j'en ai largué assez aussi, plus souvent que je ne l'ai été, moi-même. Non, mais, la seule fois où j'aurais pu me remarier, c'était avec ce jeune avocat pour lequel je travaillais – mon premier boulot après l'université. Nous étions ensemble depuis près d'un an et je trouvais ça vraiment merveilleux, jusqu'au jour où il est rentré d'un voyage à Kansas City et où il m'a annoncé qu'il était amoureux d'une hôtesse de l'air. Le plus drôle, c'est que je ne l'ai même pas cru – j'étais sûre qu'il plaisantait –, seulement c'était bien vrai, et j'ai dû abandonner mon emploi et accepter le premier boulot venu : un poste dans une petite chaîne de drugstores minables d'Hempstead ; je n'y suis restée que quelques mois avant d'aller travailler chez Bailey's... – Voilà, tu sais pratiquement tout.

En échange de ces informations, elle lui demanda, d'un ton détendu, de lui parler davantage de la période de ses fiançailles avec Rachel, et il se laissa bêtement aller à lui raconter la partie la plus regrettable de l'histoire.

— Oh, fit Mary, quand la voix hésitante d'Evan céda la place au silence. Alors, vous n'avez pas couché ensemble avant d'être mariés ?

— Si. Enfin, en quelque sorte. Oui et non. Écoute, c'est difficile à expliquer, d'accord ?

Et voilà qu'il allait devoir s'expliquer.

— La première fois, je l'ai emmenée dans un vieil hôtel miteux de la 25e ouest : l'hôtel en lui-même était une grosse erreur. Elle était si intimidée, si craintive et si horriblement nerveuse, que ça m'a rendu nerveux, moi aussi ; c'était étrange, je ne comprenais pas du tout ce qui se passait, alors du coup... tu sais... ça n'a pas vraiment marché. Les fois suivantes, j'ai emprunté l'appart d'un des gars de l'usine, à Jackson Heights, mais ça n'a pas été franchement mieux, là non plus. Et puis, j'en suis venu à me dire : « Bah, qu'est-ce que ça peut faire, après tout ? On n'a qu'à se marier maintenant, le sexe suivra tranquillement. » Tu vois ?

— Bien sûr.

— Et ça a d'ailleurs été le cas. Les choses sont venues d'elles-mêmes, au bout d'une nuit ou deux, et tout s'est très bien passé à partir de ce moment-là. Et ça se passe encore très bien, même si je regrette toujours que ça n'ait pas mieux marché au tout début. Et, elle aussi, je crois.

Si Mary était devenue une femme dure, elle aurait sans doute ri, là, mais aucun sourire ne troubla son visage pensif.

— Je trouve ça triste de se sentir à ce point obligé de se marier, dit-elle. Même si je retombais enceinte, je ne crois pas que j'éprouverais le besoin impérieux de me remarier. J'aime ma vie de célibataire, vois-tu. J'aime ma liberté et tout ce qu'elle m'enseigne sur moi-même. C'est sans doute à l'université que j'ai appris à voir les choses sous cet angle.

— Ouais, et qu'est-ce que tu as bien pu apprendre d'autre à l'université ? À lire tous ces foutus bouquins ? À dormir au ras du sol sur un lit merdique ?

Il roula lourdement loin d'elle et se leva, non sans mal, pour aller chercher d'autres bières à la cuisine. Il était furieux sans vraiment savoir pourquoi : peut-être parce qu'il lui avait raconté tous ces trucs gênants – on ne gagnait jamais rien à déballer ses tripes devant une fille –, ou peut-être parce qu'elle avait été amoureuse d'un avocat pendant un an.

— Je pense que l'université pourrait pas mal élargir ton horizon, Evan, dit-elle d'une voix calme ; sauf si tu veux rester mécanicien à vie.

Il pivota dans l'encadrement de la porte de la cuisine.

— Je ne suis pas mécanicien. Je suis machiniste, rétorqua-t-il, l'air farouche, fier de son métier.

Mais après avoir établi cette distinction importante (elle *savait* qu'elle n'aurait pas dû dire « mécanicien », bon sang), il découvrit que sa colère s'était envolée. Il rapporta deux bières fraîches dans la pièce, et lui dit qu'il était désolé ; puis il lui expliqua qu'il avait la ferme intention d'aller à l'université dès qu'il en aurait les moyens.

— Il se peut que je dispose de la somme nécessaire d'ici tout juste un an. Parce qu'on économise de l'argent depuis le début, vois-tu – tous les mois ; chaque semaine.

Le lit paraissait trop bas pour qu'il s'asseye là ; il emporta sa bière jusqu'à l'unique chaise de l'appartement, en regrettant de ne pas porter de peignoir : c'était étrange d'être assis là, les fesses nues.

— J'espère que tu y arriveras, Evan. Et j'espère que tu aimeras cette vie. Ça t'ouvre à un tas d'autres mondes dont tu n'avais jamais soupçonné l'existence.

— Ouais, j'ai déjà entendu ça. Tous les diplômés d'université que je croise n'arrêtent pas de me parler des mondes qui s'ouvrent. Je ne sais pas si vous êtes au courant, mais vous n'avez que ça à la bouche, vous autres. C'est comme de parler à un membre du parti communiste.

Elle trouva l'idée assez amusante pour éclater d'un petit rire joyeux. Il avait presque oublié à quel point c'était bon de voir Mary rire ainsi, ses yeux illuminés de vie. Il retourna auprès d'elle, à la place qui était la sienne, repoussa le drap jusqu'à ses genoux et la prit une fois de plus, comme si c'était la seule fille qu'il ait jamais connue.

Plus tard, quand il se rhabilla pour rentrer chez lui, elle lui dit :

— C'est si bon de te regarder aller et venir, j'ai toujours adoré ça. Et tu sais ce que j'aimais, aussi ? J'aimais te regarder disparaître au volant de ta voiture : parce que tu savais exactement ce que tu faisais, et que tu le faisais à la perfection.

12.

— Je suppose que je ferais aussi bien d'aller voir Mme Drake cet après-midi, Charles, si tu es toujours déterminé à m'emmener là-bas, déclara Grace Shepard, un jour, au moment du déjeuner.

Elle avait parlé d'un ton si faussement détaché qu'il ne la crut pas tout de suite. Il fit mine de réfléchir à la question, avant de répondre :

— Ma foi, si tu te sens prête à le faire, chérie, je peux facilement organiser cela pour demain, ou pour le week-end prochain. Ne serait-ce pas plus commode ?

— Non, allons-y aujourd'hui, qu'on en finisse.

Elle n'avait pas touché à son petit déjeuner, à peine plus à son déjeuner, et avait passé la matinée à fumer cigarette sur cigarette, sans doute pour se donner le courage de prendre cette décision, et il allait lui en falloir encore un peu d'ici l'après-midi.

Le mois de juillet touchant à sa fin, Charles avait renoncé à défendre ses positions depuis longtemps ; il jugea donc qu'il valait mieux profiter au plus vite des rares sursauts de témérité sociale de Grace.

Il l'aida à s'installer dans la véranda – « Voilà. Et maintenant, pourquoi ne réfléchirais-tu pas à la jolie tenue que tu vas porter cet après-midi, je viendrai te chercher bien à l'avance pour que tu puisses monter te changer tranquillement » – puis, quand la table fut débarrassée et la vaisselle raclée et prête à être lavée, il téléphona à Gloria Drake pour la prévenir qu'ils passeraient autour de quatre heures.

Il trouva d'autres petites choses à faire dans la cuisine après avoir lavé la vaisselle – on trouvait toujours à s'occuper dans une cuisine dite fonctionnelle. À un moment, il fila jeter un coup d'œil dans la réserve d'alcools du buffet de la salle à manger, pour vérifier que ses soupçons étaient fondés quant aux fortifiants utilisés par Grace pour se donner du courage : oui. Il restait à peine plus de la moitié de la bouteille de bourbon, qu'il avait rangée là, la veille, encore scellée. Bien. L'après-midi risquait de réserver des surprises, mais il était trop tard pour annuler.

Dans un autre quartier de Cold Spring, à un monde de là, Harriet Talmage était très mécontente de son petit-fils pour la première fois depuis des années. Gerard faisait les cent pas devant son fauteuil, envoyant ses longs bras dans tous les sens de manière théâtrale, comme s'il désespérait de faire entendre raison à sa grand-mère, alors qu'il semblait de plus en plus évident que c'était lui qui déraisonnait.

— Eh bien, parce que je n'apprécie pas particulièrement cette femme, Gerard, voilà pourquoi. Je l'ai trouvée plutôt ennuyeuse l'autre jour, comme je pense t'en avoir informé sur le moment, et je ne vois aucune raison... d'entretenir cette relation.

— Mais, n'est-ce pas un peu grossier ? De jeter une personne de cette façon-là ?

— Je ne vois rien de grossier à cela. Je me suis montrée parfaitement courtoise quand elle nous a invités chez elle, le mois dernier, ou je ne sais plus quand ; je me suis contentée de lui répondre que j'avais d'autres projets pour l'après-midi, mais que ce n'était que partie remise.

— Et alors ? Ne serait-ce pas un moyen de remettre la partie ? De passer là-bas, juste pour une heure ou deux ? Je ne vois pas quel mal il y aurait à cela ?

— Ce n'est pas une question de bien ou de mal, Gerard. Et je ne comprends pas pourquoi tu insistes de cette façon. Si tu tiens à ce point à revoir le jeune Drake, pourquoi ne lui rends-tu pas visite à bicyclette ?

— Parce que ce serait plus *gentil* qu'on y aille tous les deux, tu t'en rends bien compte, tout de même ? Ce serait trop évident si j'y allais seul.

Et c'est ce « trop évident » qui le trahit. Il était encore à l'âge où un garçon impopulaire devait parfois poursuivre ses camarades aussi discrètement que s'il s'agissait de filles ; une dure leçon qu'il avait tirée de ces longs mois tristes passés à l'école : révéler ses desseins de manière trop évidente était la pire des erreurs qu'on puisse commettre. Cette seule idée brisa presque le cœur de sa grand-mère.

Rares étaient les moments, depuis qu'elle élevait l'enfant unique de sa fille, où Harriet avait eu la certitude de bien agir – elle avait dû affronter trop de difficultés imprévues et avait trop souvent opté pour la solution de facilité. En voyant l'adolescent courtois à voix grave qu'il était devenu, elle avait souvent le sentiment qu'elle pouvait somme toute tirer quelque fierté de ses décisions passées. Pas dans de tels moments, toutefois.

Dans quelques années, quand il commencerait à tomber amoureux, il aimerait sans doute avec une passion disproportionnée. Sa possessivité maladive effraierait ses petites amies ; elle l'imaginait capable de dire des choses telles que : « Comment *sais*-tu que tu ne m'aimes pas ? » Et si aucune d'elles ne réussissait à le supporter très longtemps, il finirait par se rabattre sur le genre de filles sans attraits qu'il valait mieux éviter, et sans doute d'un niveau social qu'il valait mieux éviter ; de sorte qu'il deviendrait l'un de ces hommes limités, sans envergure mais aimable, qu'on ne pouvait que prendre en pitié.

En attendant, ce n'était sûrement pas cet après-midi incertain qui allait l'empêcher de s'engager sur la mauvaise pente : sa prochaine grande leçon de virilité devrait attendre.

— D'accord, chéri, finit-elle par dire, puisque c'est si important pour toi, bien sûr qu'on ira ensemble. Et si tu allais dire à Ralph de préparer la voiture pour quatre heures trente, maintenant ?

Après le coup de fil de Charles, voyant qu'il ne lui restait pas assez de temps pour bien ranger le salon, Gloria avait préféré s'occuper de ses vêtements et de sa coiffure. Elle jeta un coup d'œil à travers le feuillage grimpant qui lui masquait une partie de l'allée, et vit arriver le taxi des Shepard. Charles descendit en premier et se retourna pour aider une femme lente et étonnamment massive à poser un pied, puis le deuxième, à terre. Quand ils avancèrent vers la maison, se baissant pour éviter les branches basses, Gloria ne put réprimer un frisson de satisfaction en découvrant que Grace était grosse ; cependant, de plus près, à la faveur de la lumière de l'après-midi qui jouait sur son visage, elle constata qu'elle était ravissante. Tout le monde pouvait voir de qui Evan tenait sa beauté.

— Enfin ! les accueillit Gloria. Je suis absolument ravie de faire votre connaissance, Grace.

Elle hésita à se pencher pour l'embrasser – les circonstances ne l'exigeaient-elles pas ? –, mais elle se retint quand elle surprit un tressaillement quasi imperceptible dans le sourire de Grace. Elle s'approcha de la table des alcools et s'affaira devant, sans cesser de parler.

— ... Je crains que tout soit un peu en désordre, ici, aujourd'hui ; nous essayons de réorganiser l'espace, mais nous n'avons pas encore tranché la question, comme vous pouvez vous en apercevoir...

Au moins, Phil était là pour faire bonne impression, avec ses manières d'élève d'école privée sélecte ; et Rachel n'allait pas tarder à descendre. Dans ces moments de tension sociale, Gloria se félicitait toujours d'avoir des enfants si présentables ; comme ce premier jour, à New York, elle aurait fini par s'épuiser ou s'étouffer à force de parler, fascinée par les deux hommes et désespérant d'attirer leur attention, si ses enfants n'étaient arrivés à temps pour la sauver.

— ... Oh, le Costello's, bien sûr, disait Grace. Et il y a le vieil Island Palace, aussi, un peu plus loin. Vous connaissez le Palace ?

— Je crains que non...

C'est alors que Rachel entra, l'air très enceinte dans sa nouvelle robe de maternité, et s'exclama : « Oh, Grace ! » avec un enthousiasme qui parut excessif à Gloria, jusqu'à ce qu'elle comprenne qu'il s'était sans doute tissé un lien affectif entre sa fille et la mère d'Evan, au fil des week-ends détendus passés là-bas, durant leurs fiançailles.

— Vous êtes magnifique, très chère, lui dit Grace. L'image même de la future mère heureuse et bien portante.

— Merci beaucoup – j'*espère* être en bonne santé, mais il est vrai que je n'ai jamais été aussi heureuse.

Gloria ne se souvenait pas d'avoir entendu quiconque se vanter aussi bêtement de son bien-être, à part ces acteurs lors des cérémonies de remise des Academy Awards, à la radio ; elle se rembrunit, rongée par l'envie et la colère. Elle lui rappelait Curtis Drake au sommet de sa mièvrerie ; et quoi d'étonnant, puisque Rachel avait toujours été la petite chérie de son père.

— Oh, n'est-ce pas agréable d'entendre une jeune épouse parler ainsi, Charles ? demanda Grace, se tournant vers son mari.

Il approuva et ajouta même que n'importe quel époux serait fier d'entendre sa femme parler ainsi, couvant la sienne du regard, et prêtant une attention particulière à l'éclat de ses yeux. Elle venait d'atteindre la phase où tout est beau, émouvant et « délicieux » de l'ivresse : il était encore temps de la ramener à la maison avant que le vernis ne craquelle et qu'elle s'effondre pour de bon.

— Savez-vous qu'à l'instant où vous avez passé le seuil de notre maison au bras d'Evan, la toute première fois, j'ai su que vous étiez la femme qu'il lui fallait. La seule et l'unique.

Rachel aurait pu laisser planer le compliment, mais cette journée semblait dédiée aux sentiments les plus extravagants.

— Et j'espère que vous savez la place que vous avez prise dans mon cœur, tous les deux.

Gloria soupçonnait ces trois inconnus de vouloir la jeter dehors et lui claquer la porte au nez ; ils voulaient lui faire sentir qu'elle était seule au monde : autant la tuer carrément. Mais elle pouvait encore échapper à la mort, elle pouvait se battre avec la seule arme qu'elle possédait. Alors, elle se remit à parler.

— Grace ? commença-t-elle.

Leur babillage complaisant était une barrière si impénétrable qu'elle dut s'y reprendre à deux fois avant de pouvoir l'abattre.

— Grace ? Charles vous a-t-il raconté comment nous

nous étions rencontrés, en ville ? Et la manière amusante et merveilleuse dont...

— Oh, la panne de voiture. Oui, c'est une histoire formidable. C'est drôle, les gens affirment toujours s'être rencontrés par « le plus grand des hasards » ; mais *toutes* les rencontres ne sont-elles pas le fruit du hasard ? Surtout entre les hommes et les femmes, ne croyez-vous pas ? Même la rencontre la mieux préparée qu'on puisse imaginer, d'ailleurs – comme notre rencontre à Charles et à moi. Une amie très proche m'avait fortement encouragée à aller danser à Fort Denver, parce qu'elle connaissait là-bas un garçon dont j'allais à coup sûr tomber amoureuse. Alors, j'y suis allée – un peu à reculons, parce que j'étais pratiquement fiancée à un autre, à l'époque – et je l'ai vu, ce jeune lieutenant de mes rêves ; je suis tombée amoureuse de lui sur-le-champ, et je ne l'ai jamais regretté.

— Oui... c'est... c'est formidable. Vraiment merveilleux, dit Gloria

Mais tout ce qu'elle savait, à présent, alors qu'elle observait le beau visage vieillissant de Grace Shepard, c'est qu'elle aurait voulu qu'elle soit morte.

— Qu'est-ce que c'est ? dit soudain Rachel. Il y a une... on dirait une énorme limousine, là-bas, dans l'allée.

Phil fila à la fenêtre, puis se tourna vers sa mère.

— Tu les as *invités* ?

— Non, dit-elle, en toute innocence – comme s'il devait savoir qu'elle n'aurait jamais rien fait de tel sans le consulter –, avant d'ajouter : mais c'est une très bonne chose que les gens se sentent libres de passer *chez nous* quand bon leur semble, ne trouvez-vous pas ?

Et si elle ne manquait pas d'éprouver une certaine appréhension, le plaisir dominait. Aucun des membres de cette petite assemblée familiale ne risquait de commettre le moindre impair susceptible d'indisposer Harriet Talmage ; et si cette dernière pourrait s'étonner d'être reçue dans cette pièce miteuse, avec ses murs en panneaux d'isolation, elle ne tarderait pas à remarquer la distinction des gens qui l'occupaient.

— Harriet *Talmage*, s'exclama-t-elle devant la porte ouverte. Quel plaisir. Et Flash. Entrez donc vous joindre à nous. Je crains de ne pas pouvoir vous offrir de thé, nous avons tous opté pour un apéritif. Je vous présente ma fille Rachel, et voici sa belle-mère, Mme Shepard... et le capitaine Shepard.

— Nous passions devant chez vous quand Gerard a suggéré que nous pourrions nous arrêter quelques minutes, expliqua Harriet. Oh, oui, merci beaucoup ; un peu de scotch, si vous en avez.

Phil bondit pour cueillir le chat et un journal du fauteuil sur lequel elle était sur le point de s'asseoir, mais ce fut la seule fausse note à déplorer, et Mme Talmage semblait habituée à se sentir à l'aise presque partout.

— Alors, comment ça va, Phil ? demanda Flash, d'une toute petite voix.

— Bah, pas mal. Et toi ?

— Bien.

Ferris avait dû se donner du mal pour organiser ces retrouvailles, c'était tout Flash de s'imaginer que la présence de la vieille dame lui donnerait plus de poids. Et qu'était supposé faire Phil, maintenant ? Lui dire : « Viens, je vais te montrer ma chambre », et l'emmener à l'étage ? Nom d'un chien, c'était vraiment n'importe quoi.

— Tu bosses dur ? lui demanda Flash.

— Je fais mes heures. Et je gagne un peu d'argent.

— C'est bien. Sauf que je ne vois pas...

— Tu ne vois pas quoi ?

— Bah, rien.

Phil ne comprendrait jamais ce qu'il avait fait pour mériter de se retrouver ici, avec le pire cas d'Irving School, à cajoler une bouteille de Coca-Cola au milieu d'une société d'adultes mal assortis qui prétendaient passer un bon moment.

— Combien de temps avez-vous servi dans la marine, capitaine ? s'enquit Mme Talmage.

Charles rougit et battit des paupières une seconde avant de répondre :

— Je crains qu'il ne s'agisse d'une méprise de Mme Drake. J'ai servi dans l'armée, en fait ; et je n'ai jamais... revendiqué le titre de « capitaine » dans la vie civile.

— Oh, je vois, dit-elle. La plupart des hommes de ma famille ont servi comme officiers dans la marine. Mon père était contre-amiral, de même que mon grand-père, et mon époux occupait le poste de commandant quand il a pris sa retraite. Il était en service actif depuis vingt-cinq ans – à mon grand dam, je le reconnais. Je me souviens de l'avoir entendu dire que la marine comptait plus que moi ; aujourd'hui encore, j'aime à croire que ce n'était qu'une plaisanterie. Ou essentiellement une plaisanterie.

— Comme c'est charmant, dit Grace Shepard, d'une voix vaporeuse indiquant qu'elle commençait à sombrer.

Charles risqua un nouveau regard vers ses yeux et y lut la preuve qu'il attendait : ils brillaient toujours, mais avaient perdu de leur vivacité ; pour l'instant, elle était encore capable de reconnaître une réflexion charmante, mais d'ici quelques minutes, elle n'entendrait même plus un cri. Par chance, elle était assise dans un vieux fauteuil profond, la tête posée contre le dossier : elle pourrait s'y enfoncer et s'endormir sans que personne ne s'en aperçoive avant qu'il ne soit temps de l'aider à rejoindre le taxi – et à ce moment-là, avec un peu de chance, Mme Talmage serait déjà partie.

— Philly ? appela Gloria. Pourquoi n'emmènerais-tu pas Flash dans le jardin ?

Elle expliqua à Mme Talmage que le jardin était l'endroit le plus agréable de cette drôle de maison humide.

Depuis le début de l'été, Phil avait le sentiment que, même si on débarrassait ce jardin de ses pierres, de ses bosses et de ses chardons, il y aurait toujours trop de couches de feuilles mortes accumulées au fil des années pour qu'il devienne agréable un jour. Il avait fait quelques tentatives de nettoyage avec le râteau et la tondeuse du propriétaire, çà et là, mais les dents du râteau se retrouvaient sans cesse piégées dans de longues touffes d'herbes rachitiques et molles, qui rendaient l'usage de la tondeuse tout aussi inutile.

Néanmoins, Flash Ferris le trouva assez plaisant pour s'y promener en discutant. Il semblait avoir préparé son discours, et si sa voix était un peu plus tendue que prévu, ses mots s'élevèrent clairs et francs.

Il expliqua à Phil qu'il ne comprenait pas pourquoi il ne laissait pas tomber son boulot au parking pour revenir faire du vélo avec lui. Ne trouvait-il pas dommage de gâcher leurs dernières semaines de vacances ?

— En toute franchise, je ne sors plus beaucoup de la maison, maintenant, conclut-il. Ce n'est pas très marrant de faire du vélo tout seul.

Phil vit aussitôt comme il serait simple de balayer ses arguments d'un petit rire dédaigneux, mais c'était justement là le problème : c'eût été trop facile, Flash le cherchait ouvertement ; en outre, il ne restait plus beaucoup de temps à ce crétin pour se trouver un camarade et reprendre un peu confiance en lui avant de commencer Deerfield. La meilleure chose à faire était de lui opposer ses propres arguments, de manière raisonnée.

— Le problème, c'est que je ne peux pas, Flash. Parce que j'aurai besoin de tout l'argent que je vais pouvoir réunir d'ici à septembre. Je dois m'acheter une nouvelle veste de tweed – ces choses-là sont plus coûteuses que tu l'imagines, si tu veux les acheter dans un magasin correct. Et j'ai besoin d'un tas d'autres trucs : des pantalons en flanelle, des chemises, des chaussures...

Il mentait – au début des vacances, son père avait accepté de lui acheter la veste et au moins un pantalon, s'il était d'accord pour patienter jusqu'aux vacances de Noël pour avoir les chemises et les chaussures –, mais il lui semblait qu'il le faisait pour le bien de Flash Ferris.

— Et j'aimerais qu'il me reste un peu d'argent de poche, après ça, ajouta-t-il. L'année dernière, je crois que j'étais le seul élève de toute l'école à ne pas recevoir d'argent de poche de ses parents.

Un long silence s'installa, tandis qu'ils arpentaient le jardin en piteux état. Phil se prit à espérer qu'il en avait fait assez ; mais non.

— D'accord. Alors j'ai une autre idée : je vais demander à ma grand-mère de te donner deux cents dollars. Non, trois cents dollars.

Cette fois, Phil ressentit du dégoût. À quoi bon essayer de se montrer gentil.

— Oh, Ferris. Tu es désespérant. Je vais oublier ce que tu viens de dire, d'accord ? Parce que c'est tellement idiot que ça me donnerait presque envie de vomir. Mais je vais quand même te donner un conseil : évite de faire ce genre de proposition aux gens, à Deerfield et ailleurs, ou je ne donnerai pas cher de ta peau.

— *D'accord. D'accord, d'accord,* souffla Flash d'une petite voix misérable.

Phil regretta un peu son éclat, mais pas assez pour avoir envie de jeter un autre coup d'œil au visage mortifié de Ferris. Il lui expliqua d'un ton sec qu'il ferait mieux de rentrer et de se préparer pour le travail – un autre mensonge puisqu'il avait encore plusieurs heures à tuer. Toutefois, avant de reprendre le chemin de la maison, il lui adressa un pâle sourire et lui donna une petite tape énergique sur l'épaule, pour lui faire comprendre que cette dispute était vraiment ridicule ; Flash lui retourna un regard reconnaissant et exempt de toute rancune.

— ... À l'époque, nous vivions à Pelham, disait Gloria, lancée dans un de ses monologues, empâtés par l'alcool. Personnellement, je n'aurais jamais cru atterrir dans une petite ville *middle class* aussi déprimante que Pelham – j'en fais encore des cauchemars –, mais le père des enfants nous y avait trouvé une maison, cette année-là, et comme nous n'avions nulle part où aller, nous nous sommes retrouvés là-bas. Je ne pense pas que cela ait posé de problème à Rachel – de nous tous, c'est elle qui s'est toujours la mieux adaptée aux situations –, mais je voyais que Phil détestait autant cet environnement que moi-même. Ne serait-ce que parce que j'étais la seule femme divorcée à des kilomètres à la ronde, et que les voisins se montraient très « compréhensifs » à mon égard – vous imaginez pire chose ? – et mon fils sentait tout ça...

C'était une anecdote que Phil avait souvent entendue, elle était supposée montrer quel petit bonhomme précoce il était à l'âge de huit ou neuf ans ; il avait ses chances de réussir à se faufiler jusqu'à l'escalier avant qu'elle n'atteigne le point culminant de son récit.

— *Bref*, je n'oublierai jamais notre Phil, assis à cette table de dîner immaculée de Pelham, regardant notre hôte et lui demandant : « Vous arrive-t-il de parler d'autre chose que d'assurances, monsieur Blanding ? »

Si elle réussit à tirer quelques gloussements hésitants de son auditoire, ils furent noyés par les vagues tonitruantes de son propre rire.

Harriet Talmage avait remarqué que Gerard était de retour et qu'il piétinait près de son accoudoir, pour lui signifier qu'il était temps de rentrer ; elle regretta qu'il soit trop grand pour être repoussé d'un petit revers de la main. Elle n'avait pas envie de partir, pas avant un moment, aussi fut-elle soulagée quand il se trouva une chaise, contre le mur.

Cet ancien officier mélancolique lui plaisait avec son esprit discret et ses regards furtifs dans sa direction pour s'assurer qu'elle n'avait pas remarqué l'état de sa femme, tétanisée par l'alcool – peut-être l'épouse n'était-elle pas toujours dans cet état ? –, Harriet était persuadée qu'il serait à sa place dans son cercle d'amis.

— Où étiez-vous stationné ? le questionna-t-elle. Avez-vous servi à l'étranger ?

— Oh, juste quelques minutes, pour ainsi dire ; et c'était il y a bien longtemps. Non, j'ai effectué la plupart de ma carrière ici, aux États-Unis, dans des endroits ennuyeux, le plus souvent...

Rachel Shepard bondit soudain et se précipita à la cuisine, au bord des larmes, sans se soucier de la grossièreté de son attitude.

Elle avait toujours détesté entendre sa mère parler de Pelham, parce que c'était la ville où elle avait rencontré les deux seules amies proches qu'elle ait eues. Susan Blanding, Debbie Shields et Rachel étaient comme les trois doigts de la main : elles se confiaient tous leurs secrets, restaient souvent « à dormir » les unes chez les autres, essayaient de nouvelles coiffures en parlant des garçons jusqu'au bout de la nuit sans pouvoir s'arrêter de glousser.

Quand Rachel avait quitté Pelham, elles avaient toutes trois décidé que ce n'était pas nécessairement une tragédie, parce qu'elles s'écriraient et attendraient avec impatience de recevoir des lettres de plusieurs pages ; et, pendant un temps, elles tinrent leur promesse. Mais une chose aussi fragile qu'une amitié à trois n'a que peu de chance de survivre à l'absence et au temps qui passe : Rachel n'avait plus entendu parler de Susan et de Debbie depuis des années. Elle n'aurait su dire ce qu'elles étaient devenues, sinon qu'elles devaient toutes deux avoir fait des études universitaires.

L'hiver dernier, elle leur avait envoyé à chacune, chez leurs parents, une lettre rédigée avec soin leur racontant qu'elle était mariée à un homme merveilleux et qu'elle serait bientôt mère ; elle ne s'attendait pas à recevoir de réponse, et n'en avait pas reçu.

Elle comptait rester cachée à la cuisine, jusqu'à ce que l'horrible petite réception de sa mère soit terminée, mais bientôt, mue par l'instinct de rébellion le plus puissant qu'elle eût jamais ressenti, elle sortit de la maison et se dirigea vers la route d'un pas décidé.

Elle n'avait jamais vu d'homme aussi laid et l'air aussi rustre que le chauffeur dont la croupe reposait sur le pare-chocs de la limousine de Mme Talmage. Il l'observa comme si c'était la première fois qu'il voyait une femme enceinte, la jaugea de son regard lubrique comme s'il imaginait qu'elle était sienne. Pour retrouver le terrain ferme de l'allée et éviter de s'aventurer sur le tapis glissant de feuilles mortes, elle devait faire un écart et passer juste à côté de lui – l'idée lui faisait horreur – avant de continuer en direction de la route. Quand elle l'eut dépassé, elle jeta un coup d'œil dans son dos : il l'observait toujours ; elle se mit aussitôt à trembler comme si elle venait d'échapper de justesse à un danger. Un peu plus bas, au bord de la route, elle se retrancha derrière le massif de buissons à feuilles persistantes, juste à côté de la grande boîte aux lettres en fer (qui ne servait guère qu'aux factures : personne n'aurait eu l'idée d'écrire à l'un des membres de cette famille de dingues), mais elle n'eut à attendre que deux ou trois minutes avant que la voiture d'Evan apparaisse et ralentisse pour tourner. Elle avança de deux ou trois pas maladroits, et lui fit de grands signes des bras pour qu'il s'arrête. Il parut déconcerté.

— Chéri ! Je suis venu t'attendre ici parce que je ne supporte pas l'idée de te laisser entrer dans cette maison, ce soir ; et je ne veux pas y retourner, non plus. Écoute...

Elle lui délivra le reste de son message de manière si haletante et confuse, qu'elle craignit qu'il lui dise qu'il ne comprenait rien, mais il se contenta de répondre :

— Monte dans la voiture.

Plus tard, lorsqu'il l'eut calmée avec un gin au citron vert, dans un restaurant bon marché qu'ils connaissaient sur la Route 9, elle se remit à lui parler d'une voix lente et assez dépassionnée pour être intelligible.

— ... Parce qu'elle est vraiment folle, Evan ; je m'en rends bien compte, maintenant. Et je ne pense pas « folle » au sens inoffensif et bizarre du terme, je pense vraiment qu'elle a perdu l'esprit. Qu'elle n'a plus pied dans la réalité. Qu'elle vit dans un monde à elle. Oh, je continuerai sans doute à « l'aimer » telle qu'elle est, mais je ne peux plus *vivre* avec elle – c'est tout. Alors... (Rachel se pencha sur la table pour lui prendre la main) que ce soit correct ou pas, je crois qu'il faut qu'on quitte cette vieille maison pourrie le plus vite possible. Voilà ce que je voulais te dire.

Ses yeux brillants plissés en un sourire plein d'amour, Evan leva son verre pour trinquer à cette nouvelle. Il lui avoua qu'il était plus que content de l'entendre parler ainsi. Qu'il n'avait rien entendu d'aussi bon depuis des années, et qu'il avait quelques heureuses nouvelles à lui annoncer, lui aussi.

Se souvenait-elle de Frank Brogan, de l'usine ? Le type qui leur avait prêté son appartement à Jackson Heights, un week-end, avant leur mariage ? Eh bien, Frank attendait d'être incorporé d'un moment à l'autre – il ne savait pas quand cela arriverait, le conseil de révision n'avait pas pu se montrer plus précis –, et il lui avait proposé de leur laisser l'appartement, après son départ. N'était-ce pas une occasion en or ?

— Parce que, je sais qu'il y a des tas de gars incorporés qui sous-louent leur maison pour faire des profits sidérants, mais Frank ne veut pas jouer à ça, lui : il nous laisserait l'appartement pour le loyer qu'il paie depuis des années. Oh, je sais qu'il ne te plaît pas beaucoup, chérie, mais on pourra faire les aménagements nécessaires – l'arranger selon ton goût.

Elle lui répondit que l'appartement de Frank Brogan lui conviendrait, même si le souvenir de ce lieu nu, usé et masculin, ne stimulait en elle que peu d'enthousiasme ; Rachel y avait passé un week-end au bord de l'hystérie, dans l'angoisse de perdre Evan à jamais si elle ne parvenait pas à surmonter sa peur de la relation sexuelle. Après tout, il ne serait disponible que « d'un moment à l'autre » ; quelque chose de mieux pourrait facilement se présenter avant.

Quand leur dîner arriva – des filets de sole et des pommes de terre vapeur tièdes – elle entreprit de lui raconter le reste de son après-midi galvanisant.

— ... Oh, et ta mère était bourrée, Evan. Je l'ai déjà vue soûle, mais, cette fois, c'était pire que tout : elle était statufiée. On aurait dit un cadavre dans un fauteuil. Ton père ne pouvait même pas faire mine de se lever pour la ramener à la maison, tant que cette affreuse vieille millionnaire était là, indéracinable, à papoter en lapant son apéritif. Elle a bien soixante-quinze ans, mais elle en pince autant pour ton père que ma mère. Tu aurais dû voir la tête de ma mère, à l'idée qu'elle avait de la concurrence ; elle parlait de plus en plus fort et... Attends. Excuse-moi.

Rachel fila aux toilettes des dames tenant bizarrement l'arrière de sa robe d'une main. Elle resta absente longtemps, et quand elle revint enfin s'asseoir, elle était très pâle.

— Écoute, chéri : n'aie pas peur, mais je crois que je suis en train d'avoir le bébé, ici, dans ce restaurant. C'est ridicule, hein ?

13.

Leur fils naquit à l'hôpital général d'Huntington, tôt le lendemain matin. Il était beau, en bonne santé, et Rachel avait eu un accouchement que son médecin qualifiait de facile, l'enfant étant prématuré de deux semaines, au moins.

Sur les instructions de Rachel (« Si ça ne tenait qu'à moi, *elle* ne l'apprendrait jamais »), Evan passa le premier coup de fil de la journée à Curtis Drake, qui lui répondit qu'il arriverait à l'hôpital autour de neuf heures.

Il appela ensuite son propre père et comprit aussitôt que les choses ne se passaient pas le plus calmement du monde, à la maison.

— Quelle nouvelle magnifique ! Evan. Je vais téléphoner à Gloria et je passerai la prendre pour l'amener à l'hôpital. Nous n'arriverons sans doute pas avant la fin de la matinée, j'ai encore des petites choses à faire ici. Ta mère a eu une nuit difficile, vois-tu, elle n'est pas bien du tout.

Gloria ne se sentait pas bien non plus, même si elle était à peu près sûre d'avoir exprimé sa joie comme il se devait, au téléphone.

Des années auparavant, pendant la prohibition surtout, avoir la gueule de bois était une aventure presque aussi exaltante que s'enivrer : vous pouviez passer la journée l'esprit embué avec votre compagnon, à rire d'un rien et à tester toutes sortes de « remèdes » louches à la cuisine, avant de convenir d'une voix vibrante de sincérité qu'un dernier verre était sans doute ce qui fonctionnait le mieux.

L'âge et la solitude avaient tout gâché. Le seul avantage, aujourd'hui, c'était qu'on savait dès le début quel serait le meilleur moment, et qu'on n'hésitait pas à en profiter pleinement. S'il s'était agi d'une autre de ces tristes matinées, elle aurait rempli le verre posé près de son lit d'une bonne rasade de whisky et d'une goutte d'eau du lavabo, et elle l'aurait bu avant même de songer à s'habiller ; seulement, elle allait devoir respecter les règles de la bienséance, aujourd'hui. Elle commença par s'habiller et se maquiller, puis descendit et prépara du café, étonnée par ses gestes agiles et patients. Elle réussit à en avaler une tasse avant de prendre son remède comme une dame, avec des glaçons.

Voilà, elle pouvait à nouveau respirer. Elle avait le temps de retrouver ses esprits en attendant que le taxi de Charles klaxonne dans l'allée. Elle se sentait déjà prête à plaisanter, si l'occasion se présentait – « Hum, le problème est que je n'ai tout simplement pas l'âme d'une *grand*-mère, Charles ; m'aiderez-vous ? Je ne sais même pas ce qu'une grand-mère est supposée *ressentir.* »

— Evan m'a dit que c'était un accouchement « facile », expliqua Charles ; pour ma part, je doute qu'une telle chose existe. Aucun homme ne pourra jamais prétendre comprendre la douleur que ressent une femme en mettant son enfant au monde.

Ils roulaient en direction de Huntington, sous un beau soleil, installés sur la banquette lisse et réconfortante d'un taxi, et, bizarrement, Gloria aurait juré qu'elle était toujours assise à la table de la cuisine, devant son remède. Bienséance ou pas, elle allait encore vivre une de ces journées confuses, succession de petits événements sans logique et d'épisodes de perte de mémoire immédiate. Mieux valait éviter de demander à Charles de l'aider à comprendre ce qu'une grand-mère était supposée ressentir : elle n'aurait aucun moyen de se souvenir si elle ne lui avait pas déjà posé la même question – une fois ou plus –, dans les mêmes termes, un peu plus tôt, dans l'allée, ou dans le taxi. À partir de maintenant, elle allait devoir prêter une attention particulière à chaque parole, si elle ne voulait pas que la situation lui échappe totalement.

Une chose qui attira nettement son attention, et dont elle se promit de se souvenir, fut un bar-restaurant plein de charme, qui s'appelait le Crossroads Restaurant and Lounge, situé à quelques dizaines de mètres seulement de l'hôpital. Quand ils auraient accompli leur devoir à la maternité, Charles et elle pourraient marcher dans cette direction, comme si de rien n'était, et boire quelques martinis glacés avant de prendre un déjeuner léger au Crossroads Restaurant and Lounge.

— Pourquoi ne pas vous asseoir ici, Gloria ? lui proposa Charles, au milieu de l'agitation désordonnée du hall de l'hôpital. Je vais essayer de trouver la maternité. Cela peut prendre un moment dans un endroit comme celui-ci.

On les dirigea vers un ascenseur plein de Noirs, d'estropiés et d'idiots accrochés à leurs gobelets de café en carton, se lançant des « Bonjour » comme si c'était le matin de la fin du monde. Ils empruntèrent plusieurs couloirs, se perdant chaque fois, et quand ils finirent par trouver le chemin du recoin éloigné où ils découvrirent une Rachel alitée et raide comme la justice, Curtis Drake était déjà là.

Sa présence la prit totalement au dépourvu. Gloria voulut qu'il disparaisse sur-le-champ, avec son petit costume de gabardine sombre ; mais il souriait, tout content d'avoir apporté la douzaine de roses aux têtes inclinées qui ne faisaient qu'accentuer la pâleur du visage épuisé de leur fille, l'air décidé à rester.

— Ah, Gloria. C'est quelque chose, non ? N'est-ce pas merveilleux ? Comment allez-vous, monsieur Shepard ?

Encore vaporeuse mais extrêmement loquace, Rachel commença par leur faire savoir qu'Evan avait passé toute la nuit à son chevet – qu'il avait été « adorable », et qu'il n'avait quitté l'hôpital qu'un tout petit moment plus tôt, pour aller travailler.

— Avez-vous vu Evan Charles Shepard Junior ? Oh, c'est un magnifique petit garçon. Allez le voir, vous verrez. Demandez à l'une des dames, dehors.

Quand une infirmière équipée d'un masque stérile l'offrit à leur inspection à travers la vitre propre, il ressemblait à n'importe quel autre nourrisson – ni plus, ni moins – avec sa tête dodelinante et ses gencives crispées en un cri muet.

Ne trouvant, ni l'un ni l'autre, grand-chose de très brillant à dire, ils se murmurèrent quelques plaisanteries et retournèrent au chevet de Rachel.

— ... Et nous ne le négligerons jamais, papa, disait-elle, mais nous ne nous imposerons à lui en aucune façon – nous ne laisserons jamais nos problèmes devenir les *siens*, si tu vois ce que je veux dire. Oh, je sais que c'est idiot de parler de cette manière alors qu'il n'a pas un jour, mais je...

— Je ne trouve pas cela idiot, chérie, lui assura Curtis. Je trouve cela formidable.

Gloria jeta un regard derrière le carré de tissu jaune censé assurer un minimum d'intimité à Rachel et aperçut une autre fille – ou femme –, les genoux écartés et relevés de telle sorte que n'importe qui pouvait voir sa serviette hygiénique entre ses jambes.

— Oh, et autre chose, dit Rachel. S'il se révèle très brillant, nous l'encouragerons toujours à tirer le meilleur parti de son intelligence, mais s'il est un peu lent d'esprit, nous ne le pousserons jamais à faire plus qu'il ne...

Il y avait quelque chose dans le babillage de sa fille qui irritait Gloria depuis son arrivée, et elle venait juste de comprendre de quoi il s'agissait : Rachel parlait avec les dents serrées – soit parce qu'elle avait mal, soit pour respecter l'intimité de sa voisine, de l'autre côté du carré de tissu –, si bien que ses mots sifflaient. Il n'y avait que Curtis Drake pour trouver formidable des phrases aussi cliquetantes et crachotantes que « tirer le meilleur parti de son intelligence » ou « un peu lent d'esprit ».

— Et si d'aventure nous devions beaucoup nous déplacer, à cause des études et de la carrière d'Evan, nous ferons tout pour qu'il n'ait jamais le sentiment de ne pas avoir de foyer. Nous emporterons notre foyer avec nous, partout où nous irons, parce que nous serons toujours son foyer, tu comprends ?

— Oui, bien sûr, mon ange, dit Curtis, mais tu devrais te reposer, maintenant. Nous aurons tout le temps de parler plus tard.

— Oh, oui, tout le temps, répéta Gloria. Vous aurez tout le temps de parler quand ses dents ne seront plus serrées à cause de sa mère, et ce sera vraiment formidable. « Formidable » – mon Dieu, quel petit mot affecté, et quel petit homme affecté tu fais, Curtis. Écoute-moi bien, Rachel...

— Oh, non. Pitié. Pitié, papa ? Charles ? Faites-la sortir. Faites-la sortir tout de suite ou je...

— Écoute-moi bien, insista Gloria. Tu veux savoir pourquoi ton frère et toi n'avez jamais eu de foyer ?

— Oh, elle est *folle*, papa ; elle est *folle*. Si tu ne la fais pas sortir d'ici immédiatement, je vais demander qu'on appelle ces gens, tu sais... les gens du service psy, pour qu'ils lui passent la camisole de force et qu'ils l'enferment. Je suis sérieuse !

— Vous n'avez jamais eu de foyer, parce que ton père est un lâche, un lâche, un lâche !

Curtis avait déjà saisi Gloria par un bras ; Charles attrapa l'autre. Ils l'entraînèrent dans le couloir et l'immobilisèrent, faute de savoir quoi faire. À la fois faible et vigoureuse, elle luttait pour se libérer, et rien ne pouvait la faire taire.

— ... Un sale petit minable. Minable. Minable...

— Puis-je vous aider ? s'enquit un homme très jeune.

Il avait un stéthoscope autour du cou, comme les jeunes médecins, même s'il paraissait trop jeune pour en être un.

— Oui, peut-être. Nous cherchons le service de psy..., commença Charles, qui aurait dit « psychiatrie » si Curtis ne l'avait coupé à temps.

— Non, tout va bien. Nous avons besoin d'un ascenseur, c'est tout.

Et, dès lors, Curtis Drake prit les choses en main. C'est lui qui la fit monter dans l'ascenseur lequel, par chance, était presque vide – « Lâche, minable ! » –, lui qui la guida à travers l'essaim d'employés affairés, de fauteuils roulants, de fleurs, du hall d'entrée. Une fois dans la lumière éblouissante du matin, ce fut lui qui siffla un taxi et l'installa délicatement sur la banquette arrière – « Voilà, c'est bien », dit-il. Il ne fit appel à Charles qu'à un seul moment, pour qu'il lui récite l'adresse de Gloria à Cold Spring. Ce fut encore Curtis qui glissa cinq dollars dans la main du chauffeur, en lui disant :

— Faites attention, petit. Cette dame est émotionnellement dérangée.

— Elle est quoi, monsieur ?

— Malade mentale. C'est clair ?

Ils remontèrent réconforter Rachel, un instant – « Oh, comme c'est gentil à vous d'être revenus, dit-elle, mais je vais bien. Vraiment, je vais bien maintenant » –, puis, les deux hommes pénétrèrent comme des amis dans l'air ombragé et climatisé de la salle de bar du Crossroads Restaurant and Lounge.

— Je trouve que vous avez géré tout cela de main de maître, Curtis. Pour ma part, je n'aurais fait qu'aggraver la situation.

— Oui, ses... débordements peuvent se révéler très perturbants, mais j'en ai connu de pires. Elle se sentira très honteuse pendant un moment, et puis elle ira mieux – ou aussi bien que possible. De toute façon... (Curtis fixa la surface de son verre, pensif) de toute façon, je crois que nos amis de la branche psychiatrique de la médecine ont encore beaucoup à apprendre.

— Oh, ça, je suis bien d'accord. Je ne peux que partager cet avis. J'ai dû en arriver aux mêmes conclusions concernant ma propre... un membre de ma propre famille.

— Je serai peut-être capable de faire confiance à l'un de ces connards morbides un jour – ils sont voués à tirer pas mal d'enseignements de cette guerre –, mais pas pour l'instant. Non, pas encore. Ils tâtonnent dans le noir, c'est tout ce qu'ils font.

— Exactement.

Ce n'est qu'après avoir bien entamé leur second verre, et convenu avec plaisir de prendre leur déjeuner sur place, que Charles Shepard reprit :

— Vous savez le plus drôle, Curtis ? Je ne sais même pas quel métier vous exercez. Je sais que vous avez un poste de direction dans le domaine des affaires, bien sûr, mais à part ça...

— « Direction » n'est pas le mot qui convient, non. J'occuperais plus un poste de sergent-chef que d'officier de commandement. En fait, je travaille pour Philco Radio. J'ai été vendeur pendant un bon nombre d'années ; et puis j'ai pu passer à la direction commerciale. Je suis l'un des quatre assistants de la direction commerciale chargée de la banlieue de New York.

— Oh, ça paraît... très intéressant. Un de mes bons amis de l'armée s'est lancé dans le commerce des radios en 28 ou en 29, je crois que lui aussi a démarré chez Philco. Vous n'avez sans doute jamais entendu parler de lui... Joe Raymond ?

— Non, cela ne me dit rien. Mais il y a eu... beaucoup de mouvements de personnel dans la branche commerciale depuis 1929.

Charles pouvait aisément se l'imaginer.

— ... Alors, elle avait l'air comment quand elle est rentrée ? demanda Rachel à son frère, cet après-midi-là. Toujours dingue ?

— Je ne sais pas. Je n'en ai aucune idée, Rachel. Je ne l'ai pas vue. Elle a frappé à ma porte pour m'annoncer que le bébé était né, c'est tout. J'ai sauté sur mon vélo et me voilà. Je crois qu'elle était dans sa chambre quand je suis sorti.

— Oh. Bon, elle va sans doute rester enfermée là-dedans pendant plusieurs jours, histoire de nous culpabiliser parce qu'*elle* se sent coupable. Papa dit qu'elle a besoin de la honte autant que des moments de crise, sauf qu'il appelle ça ses « débordements », lui. Il dit que c'est un cycle qui date d'avant leur mariage. Mais, bon, ne parlons plus de ça, tu veux ? En fait, je suis même désolée de t'avoir raconté ce qui s'est passé. Bon, et si tu allais jeter un coup d'œil à ton neveu, maintenant ? Tu n'as qu'à demander à l'une des infirmières de te le montrer. Tu me diras si ce n'est pas le portrait craché de son père.

— Bien, super. Je vais le voir, répondit Phil.

Gloria resta seule dans son coin pendant les deux semaines qui suivirent. À en croire les traces laissées dans la cuisine, chaque matin – traînées de lait, d'œuf ou de viande sur le linoléum du comptoir –, elle descendait la nuit pour se nourrir, mais sa chambre était devenue sa forteresse et son tabernacle ; en dehors d'un craquement occasionnel du plancher, il n'en sortait aucun son.

— Oh, je sais bien que je pourrais entrer là-dedans et lui parler, expliqua Rachel à son mari, au bout d'une semaine, mais je n'en ai ni le courage ni l'envie.

Derrière son journal, Evan marmonna qu'à son avis il valait mieux laisser pas mal d'eau couler sous les ponts.

— Et je n'arrête pas de me retenir d'appeler papa, pour lui demander son avis ; je sais que c'est inutile qu'il me répondra juste que personne n'y peut rien.

— Ouais. Et puisque tu dis à tout bout de champ qu'elle est dingue, autant la laisser l'être, conclut Evan, redressant son journal devant ses yeux d'un geste ferme.

Mais Evan était incapable d'accorder beaucoup d'attention à cette sinistre crise domestique, quand son cœur battait à des kilomètres de là.

— Papa ? Maman dit que vous êtes redevenus bons amis, lui dit Kathleen au cours de leur promenade du samedi suivant.

— Et quel est le problème, mon chou ? Qui a dit que les gens divorcés ne pouvaient pas être bons amis ?

Il lui ébouriffa les cheveux, heureux de savoir que, dans quelques heures seulement, il tiendrait sa mère dans ses bras.

Phil Drake aussi avait désormais l'esprit ailleurs. Depuis le pot de départ d'Aaron, il entretenait des relations détendues et amicales avec le personnel de cuisine et les serveuses de Costello's. Il n'avait même plus besoin de manger à la maison : des dîners succulents préparés spécialement pour lui l'attendaient au travail, avec l'accord tacite du gérant. (« Faut que ce petit prenne quelques kilos, tout de même. Au cas où on aurait besoin de lui pour défendre le pays. »)

Peu avant la tombée de la nuit, un soir, alors qu'il sortait par la porte de service, rassasié de bonne nourriture et de camaraderie, il aperçut la limousine de Mme Talmage, qui approchait par l'autre extrémité du parking. Ralph longea les rangées de voitures garées comme s'il conduisait un bus touristique. Il transportait deux passagers souriants, Flash Ferris et un garçon beaucoup plus petit, et plus jeune.

— Je venais vérifier que tu étais bien là, et que tu travaillais dur, Drake, lança Ferris, quand la voiture s'arrêta.

— Bien, dit Phil en relevant la visière de sa casquette. Content que tu sois passé.

— Je te présente Rod Walcott. Il va entrer à Deerfield, lui aussi.

— Salut, Rod.

— Salut.

Le garçon avait une douzaine d'années, il paraissait un peu trop jeune pour entrer en prépa, mais il se tenait bien droit, à côté de Flash, et faisait un net effort pour paraître plus vieux.

— Deerfield a envoyé une lettre à tous ses nouveaux élèves, expliqua Flash. Pour qu'on puisse entrer en contact les uns avec les autres. Rod est le seul autre nouveau de cette partie de l'île. Il est petit, c'est vrai, mais tu devrais le voir sur un vélo : ce gars sait vraiment pédaler.

— C'est super.

— Les affaires ont l'air calmes, ce soir.

— Bah, ça commence rarement avant la tombée de la nuit ; et après ça, je dois cavaler si je veux me faire quelques billets.

— Je vois. Ben, j'espère que tu te feras un gros tas de billets.

Phil envoya sa lampe de poche tournoyer en l'air et la réceptionna dans le creux de sa main, comme le font les joueurs de tennis avec leur raquette.

— Au fait, tu en es où avec le corps des marines, Flash ? Tu penses toujours tenter ta chance l'hiver prochain ?

Flash battit des paupières et baissa la tête ; puis, semblant se ratatiner sous le regard incrédule de Rod Walcott, il répondit qu'il n'avait pas encore pris sa décision. Peut-être bien que oui, peut-être bien que non. Il y réfléchissait.

Juste avant que la limousine ne reparte, Ralph, le chauffeur, se tourna et adressa à Phil un clin d'œil sardonique, suggérant qu'il n'avait rien perdu de cette conversation. Aucune faiblesse de ce monde, semblait-il, n'échapperait jamais à Ralph.

Rachel venait d'allaiter le bébé et de le reposer dans son lit pour sa sieste du matin quand elle décida que l'isolement de sa mère avait assez duré. Elle sortit de la petite chambre sur la pointe des pieds et, refermant la porte derrière elle, sentit combien il serait aisé et naturel d'abaisser la poignée de l'autre porte fermée, au bout du couloir.

Elle jeta d'abord un rapide coup d'œil à son reflet dans le miroir – cheveux bien coiffés et, au visage, jolie expression d'inquiétude pour le bien-être d'autrui –, puis elle parcourut la distance qui la séparait de la porte de Gloria et frappa un petit coup net.

— Mère ? Je sais que tu ne te sens pas bien, mais tu ne voudrais pas envisager de sortir et de te joindre à nous, maintenant ? Tu nous manques.

C'était plus ou moins ce qu'elle avait prévu de dire, à ceci près que les mots « tu nous manques » étaient sortis tout seuls ; et, en attendant la réponse, elle se prépara à affronter l'odeur de tomates pourries ou de mayonnaise rance.

À sa grande surprise, la chambre sentait le frais – les fenêtres ouvertes avaient créé un courant d'air jour et nuit –, et l'apparence de Gloria était tout aussi étonnante : elle portait une robe d'été élégante et propre, et, en dehors de son menton relevé, qui suggérait qu'elle n'avait rien à se faire pardonner, son visage était assez serein. Il était évident qu'elle ne parlerait pas avant que Rachel en ait dit davantage.

— Je viens de mettre le bébé à dormir, mais tu le verras cet après-midi. Tu me diras si tu trouves qu'il a beaucoup changé en si peu de temps, toi aussi. S'il continue comme ça, on ne saura bientôt plus à qui il ressemble.

— C'est toujours comme ça au tout début. Toi aussi tu as beaucoup changé, et Phil aussi.

Elle parlait d'une voix éraillée – ainsi qu'il fallait s'y attendre après deux semaines passées sans parler et à fumer des centaines de cigarettes – où perçait la rédemption : on l'imaginait mal crier « lâche » avec rancœur et malveillance, ou causer le moindre esclandre, à présent.

— Veux-tu que je te prépare quelque chose, mère ? Tu as faim ?

Quand Phil descendit, ce jour-là, et qu'il les trouva assises au salon, en train de chuchoter et de glousser au-dessus du bébé, il n'eut besoin d'aucun signe de sa sœur pour comprendre qu'il valait mieux faire comme si rien ne s'était passé.

Ils attendaient tous le retour d'Evan, désormais : pour qu'il sanctionne cette paix retrouvée. Et lorsqu'il arriva enfin, ils furent tous contents de constater qu'il arborait son air le plus guilleret.

— Ça fait plaisir de vous voir, Gloria, dit-il.

À Phil, toutefois, il sembla que le sourire d'Evan, en découvrant sa belle-mère de retour et à son poste, trahissait l'égarement secret du jeune ouvrier qui ne sait plus de quel côté est beurrée sa tartine.

— Ma foi, nous avons eu nos hauts et nos bas, cet été, déclara Gloria, lorsque l'apéritif fut servi. Mais, je suis persuadée que nous pouvons tous être heureux ici, pas vous ?

14.

Frank Brogan fut incorporé dans le courant de la première semaine du mois de septembre. Le jour de son départ de l'usine, il donna à Evan un trousseau de clés neuf de son appartement de Jackson Heights.

— Laisse-moi encore deux nuits, veux-tu ? Après ça, il sera à vous et vous pourrez apporter vos affaires dès que vous serez prêts.

Les mots « dès que vous serez prêts » n'étaient qu'une partie du problème qu'Evan tourna et retourna dans sa tête sur le chemin de la maison, cet après-midi-là – savait-on jamais qu'on était prêt pour une chose ? –, c'est pourquoi il songea que ce serait peut-être une bonne idée de s'arrêter chez son père et d'en parler avec lui.

— Non, Evan. Je ne pense pas que ce soit sage de votre part, répondit Charles, assis bien droit de l'autre côté de la table de la cuisine. Gloria va très mal le prendre, et je dois dire que je la comprendrai. Vous allez rompre l'accord que vous avez passé avec elle, et elle va non seulement se retrouver coincée, mais ruinée aussi ; c'est la mettre dans une situation que même une personne équilibrée serait incapable de supporter – et vous êtes bien obligés de considérer que ce n'est pas une personne équilibrée. Si tu l'avais vue à l'hôpital, ce jour-là, tu saurais à quoi t'en tenir.

— J'ai toujours su à quoi m'en tenir, papa. C'est l'idée de Rachel, tu sais. Et je la défends parce que je pense qu'elle a raison. Renoncer à notre intimité était une erreur stupide de notre part. Nous avons envie d'y mettre fin, l'un comme l'autre, et le plus tôt sera le mieux. Ce n'est pas plus compliqué que ça.

La vapeur qui arrivait de la casserole de carottes avait embué les lunettes de Charles. Il les ôta et en essuya soigneusement les verres à l'aide d'une serviette en papier ; et une fois encore, Evan remarqua – comme il s'en était aperçu des années auparavant – que, parfois, toute détermination désertait le visage du vieil homme quand il ne portait plus ses lunettes. Il n'y avait rien à redouter de ce visage ; il ne trahissait aucun « caractère » particulier.

— Bon. De toute façon, tu feras ce que tu voudras, comme toujours, Evan. Je ne peux rien faire d'autre qu'attendre et te souhaiter bonne chance – même si j'aimerais pouvoir me fier davantage à ton jugement ; ou, plutôt, aux principes qui sous-tendent ton jugement.

Les lunettes retrouvèrent leur place, restaurant son autorité de père.

— Mais à toutes fins utiles, j'aimerais que tu saches que blesser une femme dans cet état, dans les circonstances présentes, est une chose que je ne me permettrais jamais de faire. Je n'envisagerais jamais de le faire.

— Je le sais, papa. D'un autre côté, tu n'aurais sans doute jamais accepté de partager un loyer avec elle. Alors ce n'est pas ton problème. C'est le nôtre, à Rachel et moi.

— C'est bien la voix de mon fils que j'entends là ? lança Grace de la pièce voisine. Parce que si c'est toi, jeune homme, je me moque de l'importance de cet entretien, et de l'argent ou je ne sais quoi d'autre qui est en jeu. Je veux que tu viennes immédiatement embrasser ta mère.

— C'est la soirée la plus triste de tout cet été, dit Gloria. Dire que Phil nous quitte demain. Enfin, ce n'est pas grave, chéri. Nous serons tous tristes et tu nous manqueras terriblement, mais tu sais à quel point nous sommes fiers que tu te débrouilles si bien à Irving.

Pour les trois personnes, assises et souriantes, présentes dans le salon, cet aveu de tristesse n'était que pure formalité. Depuis qu'elle avait été débusquée de sa tanière, elle était si heureuse d'avoir repris ses petites affaires quotidiennes que la texture même de voix semblait plus légère et plus ferme.

Les poings serrés, Phil s'étira et déclara qu'il était content d'en avoir terminé avec le Costello's. Il pourrait aller se coucher et se réveiller en même temps que tout le monde, maintenant.

— Et pour nous aussi, c'est une belle soirée, dit Rachel, pour refermer le cercle du bonheur. Evan ne commence qu'à midi, demain : l'usine ferme pour inventaire. C'est comme si nous avions des petites vacances.

— Merveilleux, dit Gloria. Quelqu'un reprendra du café ?

Ce n'est que lorsqu'ils furent seuls dans leur chambre, prêts à se déshabiller, qu'Evan put aborder le sujet de l'appartement de Jackson Heights.

— Oh. Pardon, je sais que c'est une bonne nouvelle, que c'est ce que nous attendions ; c'est juste que je regrette...

— Quoi ?

— Que ça arrive maintenant. Je ne me sens pas le courage de lui annoncer ça.

— Tu n'auras pas besoin de le faire, chérie. C'est moi qui le lui dirai. Il vaut mieux attendre demain soir, tu ne crois pas ? Quand ton frère sera parti ?

Rachel répondit, oui, sans doute. Elle était assise au bord du lit, dans une nouvelle chemise de nuit bleue, elle avait retrouvé sa minceur et, pour la première fois depuis des mois, cette beauté « périssable » qui la rendait si séduisante. L'espace d'un bref instant, il fut tenté d'aller se pelotonner contre elle, mais cela risquait d'émousser le plaisir du délicieux moment qu'ils s'étaient promis.

— Mince, c'est tout de même drôle, non, que je me sente si mal à l'idée d'agir pour notre bien.

— Tu te sentiras mieux demain matin. Je crois que tu te sentiras mieux à bien des égards demain matin... quand nous aurons fait... notre petit inventaire intime.

Ils avaient tenu un calendrier précis. Demain, d'après les ordres des médecins, ils pourraient se remettre à coucher ensemble de manière régulière. Et si l'amour l'après-midi leur avait toujours paru meilleur, il n'existait pas de mot assez glorieux pour qualifier l'amour en fin de matinée.

Au petit déjeuner, les jeunes Shepard eurent du mal à s'empêcher de se couler de longs regards appuyés, et Phil Drake ne put s'empêcher de remarquer qu'ils se tenaient la main sous la table.

Au signal habituel de Gloria – « Bien, je vais emporter ces assiettes sales à la cuisine » –, ils se levèrent tous, enfin libres. Les jeunes Shepard traînèrent encore un peu en bas, le temps de dire au revoir à Phil et de lui souhaiter bonne chance pour ses études, puis ils volèrent presque dans l'escalier, brûlant de s'isoler.

Phil laissa un temps raisonnable s'écouler – cinq ou dix minutes – avant de monter dans sa propre chambre, où il fit sa valise avec méthode. Et quand il eut terminé, il sut, sans doute ni appréhension aucune, ce qui allait suivre. Le projet et son exécution se confondirent presque dans le même instant : il remonta le couloir, déposa sa valise sans bruit sur le sol, et, de l'index, repoussa le rideau à pois qui occultait les carreaux de la porte pour jeter un œil à l'intérieur.

Dieu du ciel, c'était la chose la plus délicieuse et la plus terrible qu'il eut jamais vue ; la source de la vie ; et sa honte fut si immédiate qu'il laissa retomber le rideau au bout d'une seconde ou deux seulement.

Evan se figea soudain dans les bras de Rachel.

— Regarde !

— Quoi donc ?

— Je viens de voir une main relâcher ce truc dehors. Le rideau : je l'ai vu bouger.

Il était sur le point de jouir, éperonné par sa certitude de l'avoir satisfaite, mais c'était sans espoir maintenant. Il ne lui restait qu'à ressortir et à se rouler sur le côté, le souffle court.

— Ben, je crois que ton petit frère est un sale voyeur, dit-il, quand il put à nouveau parler.

— Tu dois te tromper, Evan. C'est sans doute le fruit de ton imagination.

Rachel aussi dut retrouver son souffle avant de continuer à parler.

— Ça arrive à tout le monde d'imaginer des choses et de croire qu'elles se sont vraiment passées. (Elle marqua une autre pause pour respirer.) Et d'ailleurs, ce n'est pas du tout le genre de Phil, il ne ferait jamais...

— Tu veux parier ? Tu veux parier qu'il est resté planté là tout l'été ? À jeter des petits coups d'œil et à se tripoter ?

— Je ne veux pas entendre ça. Je ne veux plus t'écouter, c'est vil, horrible...

— Qui t'a demandé de m'écouter ? Qui t'a jamais demandé de m'écouter ?

Il était debout et bondissait çà et là pour récupérer ses vêtements d'ouvrier, bouclant sa ceinture et remontant sa braguette avec une vigueur un peu exagérée.

— Je sais ce que j'ai vu. Et je ne suis pas prêt de l'oublier.

Ses derniers moments à Cold Spring demeureraient toujours flous, dans l'esprit de Phil Drake. Il avait dû se dépêcher de traîner sa valise en bas : son taxi klaxonnait déjà dans l'allée ; il avait dû passer par la cuisine pour recevoir une dernière étreinte sentimentale de sa mère ; puis il s'était retrouvé dans le train, cette petite ville pourrie loin derrière lui.

— Bien. Je pense que tout cela te sera... utile, dit Curtis Drake, au début de l'après-midi, le même jour.

— C'est certain. Ils sont super. Merci beaucoup, papa.

— Vraiment pas de quoi.

Ils se tenaient sous l'éclairage bleuâtre de la « boutique du centre-ville » d'une chaîne de vêtements pour hommes, dont on faisait souvent – et bruyamment – la réclame à la radio. Curtis n'avait pas eu de mal à convaincre son fils que deux costumes achetés ici valaient mieux qu'une nouvelle veste en tweed qui coûterait presque le même prix – surtout depuis que sa vieille veste était redevenue présentable grâce aux pièces de cuir ajoutées aux coudes.

Ces costumes, un marron et un bleu, commençaient déjà à tracasser Phil ; il soupçonnait qu'ils ne conviendraient pas du tout à Irving School, aussi précieux qu'ils puissent paraître dans les mains prestes du vendeur qui les avait pliés d'une manière sophistiquée, puis nichés l'un après l'autre entre les papiers de soie de deux boîtes en carton, grandes comme des valises, attachées ensemble à l'aide d'une belle ficelle jaune.

Certains des vendeurs de l'étage étaient peut-être de gros flemmards malpolis qui ne dissimulaient pas leur désir de trouver un moyen de mieux gagner leur vie, mais celui-ci connaissait bien son travail. Ce n'était pas parce que l'argent avait changé de main et que la caisse enregistreuse avait sonné le total qu'une vente était terminée : c'était grâce à votre style et à l'élégance avec laquelle vous procédiez que les clients revenaient ; c'était bon à savoir si vous vouliez que votre compte en banque soit toujours bien approvisionné – pour passer d'autres week-ends dans les Catskills avec votre petite amie avant que l'armée ne vous mette le grappin dessus. La touche finale du numéro était pure fioriture : vous vous baissiez derrière le comptoir et faisiez apparaître, comme par enchantement, un petit cylindre de bois – le reste d'une bobine –, traversé par un long fil de fer, que vous tordiez prestement à chaque extrémité pour l'accrocher à la ficelle aux endroits prévus, ici et là, afin d'offrir une jolie petite poignée au client : et cette foutue transaction était terminée.

— Voilà, jeune homme, dit-il, je pense que vous pourrez porter longtemps ces deux costumes. Oui, non, attendez... (Il inclina la tête sur le côté, jaugeant Phil d'un regard appréciateur.) À en juger par votre âge et votre carrure, ils risquent de devenir trop petits avant que vous n'ayez eu le temps de les porter autant qu'ils le mériteraient ; n'ai-je pas raison ? Quel âge avez-vous, quatorze ans ?

— Seize ans.

— Oh, désolé. Néanmoins, faire un peu moins que son âge vaut toujours mieux que paraître plus vieux, non ? J'ai moi-même vingt-six ans et la plupart des gens m'en donnent trente – cela risque de m'attirer quelques ennuis plus tard, n'ai-je pas raison ? (Puis, tournant la fin de son sourire à Curtis :) Eh bien, merci, monsieur. Merci beaucoup.

Sitôt qu'ils retrouvèrent la lumière et le brouhaha de la rue, Curtis lui dit :

— À ta place, je ne me tracasserais pas trop parce qu'un vendeur de vêtements s'est trompé sur mon âge, Phil. Tu atteindras bientôt ta taille adulte, et tu vas t'étoffer, aussi. Ça devrait être le cadet de tes soucis, en ce moment. Bon. On s'approche un peu de Grand Central ?

Ce que Phil apprécia le plus au Bar des Hommes du Biltmore, en dehors de son nom, c'était que l'âge du client semblait n'avoir aucune espèce d'importance en cette période faste pour le commerce qu'était la rentrée des classes des élèves de prépa. Bientôt, on posa un grand verre de bière pression bien fraîche devant lui, sur la petite table installée le long du mur qu'ils avaient choisie, et un double scotch avec des glaçons et de l'eau devant son père. Certaines choses ne changeraient jamais, semblait-il : le visage pâle et fatigué de Curtis Drake reprenait toujours ses couleurs et sa vigueur après quelques gorgées de whisky ; lorsque le deuxième verre arriva, ses yeux étincelaient d'une belle lueur qui lui rappela ces matins de Noël rares et inattendus, il y avait bien longtemps.

— Qu'y a-t-il, Phil ? Tu rumines toujours à cause de ce petit vendeur ? Tu ne peux pas laisser ce genre de bêtises te miner l'esprit. En fait, j'espérais avoir davantage de temps, aujourd'hui, pour qu'on puisse parler tranquillement de toi et de ton avenir, au sens plus général. Je sais que tu ne peux faire aucun projet au-delà de l'école et de l'armée – ce qui va de soi en temps de guerre –, néanmoins, je me demandais si tu t'étais préparé à affronter les autres responsabilités qui t'attendent. Ce que j'essaie de te dire, Phil, c'est que ta mère est une personne très fragile.

— Oh, ça, je le sais.

— Elle est affreusement vulnérable et infantile ; elle a toujours dépendu de quelqu'un pour vivre.

— Je sais tout ça, papa, tu n'as pas besoin de m'expliquer ces choses-là...

— Bon, d'accord. Mais le fait est que c'est moi qui ai toujours supporté ce fardeau jusqu'ici, et qu'il faut que je pense à l'avenir. Ta sœur ne pourra pas assumer cette responsabilité, elle a une famille, maintenant ; alors je suppose qu'elle va retomber sur toi. Attention, je ne dis pas que tu dois t'en... préoccuper outre mesure, pour le moment, Phil ; c'est juste une chose que tu ne dois pas perdre de vue. Tu comprends ? Nous sommes d'accord sur ce point ? Tu veux bien échanger une poignée de main avec moi ?

— Bien sûr.

Ils échangèrent une poignée de main sobre, comme on conclut un marché qui pourrait rapporter une fortune ; même si Phil n'en comprenait pas encore bien les termes.

— Et maintenant, si cela ne te dérange pas que je reste assis ici, comme un vieil homme fatigué, je pense que tu ferais bien de filer. Tout peut attendre dans la vie, mais le train, lui, n'attend personne.

Phil se dépêcha de partir, dévalant l'escalier du Baltimore avec son bagage encombrant. Il traversa le hall de Grand Central, et monta par la bonne porte juste avant qu'elle se referme avec un bruit métallique.

Le train élégant et silencieux de New England sortit du tunnel pour longer les tristes barres d'immeubles du nord de la ville, les unes après les autres, et il n'eut plus rien à faire qu'attendre.

— Ohé, Drake.

— Comment ça va, Drake ?

Ce n'était pas grand-chose, mais quelques garçons d'Irving, à la recherche d'un groupe d'étudiants plus joyeux dans un wagon de tête, le saluaient en avançant dans l'allée. L'un d'entre eux s'arrêta même au niveau de son fauteuil pour lui demander comment s'étaient passées ses vacances, en l'appelant « Phil ».

Les premières étendues vertes du Connecticut apparurent, et il n'eut plus rien pour le distraire. Ce matin, Phil Drake avait espionné sa sœur alors qu'elle s'était enfermée avec Evan Shepard pour copuler : le temps n'atténuerait jamais sa honte. Il pourrait l'apaiser, comme un médecin apaise une douleur, et la tenir séparée du reste de sa vie, mais cela ne signifiait pas qu'il réussirait à oublier qu'elle était bel et bien là.

— Tu veux que je réchauffe le gigot d'agneau, pour ce soir, chérie ? demanda Gloria, plus tard ce jour-là. Ou est-ce qu'Evan et toi préférez manger une fricassée de poulet ? Ce ne sera pas plus difficile à préparer, vraiment, je n'aurai qu'à...

— C'est que, je ne pense pas qu'Evan et moi dînerons ici, mère ; pense juste à te préparer quelque chose pour toi, d'accord ?

Et sans lui laisser le temps de poser plus de questions, Rachel s'enfuit de la cuisine et gagna l'étage. Depuis que le bébé était là, il était plus facile de se ménager ce genre de petites évasions, seulement, il ne lui était d'aucune aide lorsqu'il s'agissait d'attendre le retour d'Evan à la maison. Et ce jour en particulier, sa tension était à son comble et ne commença à se relâcher qu'à l'instant où elle entendit son pas lourd dans l'escalier.

— Tu vois ce que j'ai fait, chéri ? l'accueillit-elle. Je nous ai monté des bières fraîches.

— C'est bien.

— Et je sais que tu es impatient d'en finir avec cette histoire – tout comme moi – mais je crois que je me sentirais mieux si on pouvait en parler un peu avant, d'accord ?

— Bien sûr.

Il s'effondra dans un fauteuil, près de la petite cheminée.

— Veux-tu que je fasse un feu ? demanda-t-elle timidement.

— Un feu ? Par ce temps ? Tu as perdu la tête ?

— Euh, d'accord. Écoute. Je sais que tu vas devoir lui dire que nous avons besoin de notre intimité et tout ça, parce c'est primordial... mais quoi que tu lui dises, évite de lui parler du rideau, d'accord ? Ne dénonce pas Philly.

— Je dirai tout ce que j'ai à dire, Rachel.

— D'accord. Seulement, si tu dénonces Philly, je...

— Tu quoi ?

— Je ne te le pardonnerai jamais, Evan. Je te mépriserai de l'avoir fait. Je suis sérieuse.

— Ouais, ouais, ouais.

Il se leva, laissa échapper un gros rot, essuya sa bouche humide d'un revers de main, et sortit.

La conférence qui eut lieu en bas ne dura guère plus de dix ou quinze minutes, et chacun dut faire un effort pour se contrôler car Rachel n'entendit aucun éclat de voix, alors qu'elle attendait assise, se tordant les mains et se balançant pour calmer son angoisse.

Elle se précipita sur la porte lorsqu'elle entendit Evan revenir. Il lui annonça que c'était réglé ; terminé ; qu'ils quitteraient cet endroit dans deux jours.

— Comment l'a-t-elle pris ?

— Plutôt bien, je dirais. Elle n'avait pas vraiment le choix, si tu y réfléchis bien.

— Lui as-tu parlé de... as-tu dénoncé Philly ?

Il se mit à arpenter la chambre, mettant de la distance entre elle et lui, pour retarder sa réponse.

— J'en avais l'intention, et je regrette de ne pas l'avoir fait, maintenant, mais ça ne s'est pas révélé nécessaire, finit-il par répondre.

— Oh, Dieu soit loué. Oh, merci, Evan.

Il se tourna vers elle.

— Tu es une drôle de gamine, Rachel, tu sais ? « Dieu soit loué », « Je vous aime tous », tu n'as que ça à la bouche. Mince, tu as même loué le bon Dieu le jour où j'ai été réformé. Tu es une fille plutôt gentille, c'est vrai, mais tu es tellement faible. Tu es écœurante de faiblesse.

— Tu n'es pas juste, Evan.

— Ouais, en voilà un autre : « juste ». Tu penses vraiment que tout est toujours « juste » dans le monde ? Parce que j'ai une nouvelle pour toi, gamine : rien n'est « juste ».

— Tu sais que je n'aime pas que tu m'appelles « gamine ».

— *Gamine*, répéta-t-il avec une véhémence qui les surprit tous deux. Gamine, gamine, gamine, fillette, fillette, fillette. Voilà. Et si tu me foutais un peu la paix maintenant ?

— Je te laisserai en paix lorsque tu auras cessé de t'adresser à moi avec ce ton haineux horrible...

C'est à cet instant qu'il bondit et lui envoya une claque en plein visage. Une simple claque, mais assez forte pour qu'il en sente la brûlure sur sa main et pour qu'elle retourne la tête de Rachel d'un coup ; assez forte pour qu'elle recule de plusieurs pas, bascule sur le côté, et se retrouve assise sur le lit. Elle ne pleurait pas, et elle ne le regardait pas, mais une marque rose foncé découpée comme une carte du Texas s'étalait sur sa joue. Et il comprit qu'il fallait qu'il s'en aille, ou il la frapperait encore.

Depuis toujours, conduire était le meilleur moyen qu'avait trouvé Evan pour apaiser sa colère – pour remettre de l'ordre dans ses idées et pour calmer ses nerfs. Il fallait pouvoir être calme pour manœuvrer une automobile. À force de changer les vitesses et de se concentrer sur le volant, les feux de signalisation et les panneaux de limitation de vitesse, on ne tardait jamais à se remettre à penser de manière rationnelle et à faire des projets rationnels.

L'idée rationnelle qui lui vint en premier fut de trouver une cabine téléphonique et de soupirer : « Oh, seigneur, Mary, j'ai besoin de te voir ; j'ai besoin... » Toutefois, il la repoussa aussitôt pour laisser la place à l'autre projet, meilleur que celui-là, qui lui venait déjà à l'esprit. Ce n'était sans doute pas le bon soir pour cela ; et, de toute façon, il y aurait bientôt d'autres nuits, beaucoup d'autres nuits. La meilleure chose à faire était de rentrer à la maison – ou plutôt, de finir par rentrer, dans un certain nombre d'heures, après s'être suffisamment imbibé de bière pour être lourd, solennel et ensommeillé, quand il baisserait la tête pour demander pardon à Rachel.

Il ne tarda pas à se retrouver assis au milieu d'inconnus, dans une vieille taverne du bord de la route où il avait perdu tellement de temps avec d'autres ouvriers d'usine, à l'époque des années moroses et vaines passées dans la maison de son père. Il mourait d'envie d'un whisky mais savait qu'il valait mieux y résister ; c'était de la bière qu'il fallait en pareil moment : si chaque pinte laissait l'impression de ne pas avoir complètement rempli son office, d'autres suivaient toujours.

— Oh, mon Dieu, souffla-t-il à plusieurs reprises. Oh, mon Dieu, j'ai frappé ma femme.

Et chaque fois, il jetait un rapide coup d'œil autour de lui pour s'assurer que personne n'avait vu ses lèvres remuer, avant de s'abandonner, reconnaissant, à sa bière. Il pouvait endurer ces heures de remords tant qu'il était seul, sans témoins, et que sa voiture l'attendait dehors, telle une compagne compatissante et attentive. Quand il serait suffisamment lourd, solennel et ensommeillé, elle le ramènerait à la maison.

Un été, après la guerre, quand l'essence se remettrait à couler à flots, il roulerait jusqu'à la côte ouest – en prenant son temps et en admirant tout ce qui mériterait de l'être. Il lui sembla que c'était une bonne idée, une idée claire et libératrice, même s'il ne pourrait pas en faire grand-chose tant qu'il n'aurait pas répondu à cette question embuée par la bière : qui serait assis avec lui dans la voiture ? Rachel et le bébé ? ou Mary et Kathleen ?

Il commençait à se sentir si fort et si libre à présent, que la réponse s'imposa aussitôt. À supposer qu'elles veuillent de lui – et pourquoi le rejetteraient-elles ? – c'est avec Mary et Kathleen qu'il serait.

Savoir ce qu'on voulait ne pouvait que vous consolider et vous libérer – tout le monde le savait –, même Evan Shepard le savait, au plus profond de sa chair. Il s'autorisa à reconnaître, hochant la tête, songeur, à son reflet dans le miroir du bar, que ce ne serait pas facile. Qu'il y aurait une part de tristesse et de tumulte dans cette traversée de l'Amérique – des visions persistantes de Rachel et du bébé se dresseraient à chaque croisement, et parfois même menaceraient de lui faire quitter la route – mais il savait qu'il n'aurait d'autre choix que de revenir vers le passé. Il faudrait bien qu'elles finissent par lui céder le passage.

Rachel était à peu près sûre qu'il rentrerait à la maison avant le matin ; en attendant, elle allait devoir supporter cette nuit. Elle resta allongée, ne pleurant que par intermittence, comme si pleurer était un luxe qu'elle ne pouvait encore se permettre. Et, entre deux sanglots, elle entendit le pas traînant d'une personne âgée dans l'escalier. En écoutant sa mère traverser le couloir et fermer la porte de sa chambre, elle comprit qu'elle devrait bientôt se lever pour aller la réconforter. Elle lui dirait combien elle était désolée que les choses se soient passées ainsi et tout se passerait bien : les Drake sortaient toujours renforcés de leurs séances d'excuses larmoyantes et de déclarations d'amour. Mais cela attendrait un peu, parce que le bébé s'était réveillé.

Quand elle l'eut lavé, talqué et changé, elle le prit contre elle pour l'allaiter. Et tout à coup, alors que son petit visage s'agitait en tirant sur son sein, elle s'entendit lui parler comme s'il était assez grand pour la comprendre.

— Oh, ma petite merveille. Oh, tu sais que tu es un trésor, toi ? Tu sais que tu es un miracle ? Parce que je vais te dire quelque chose. Un jour... un jour, tu seras un homme.

Cet ouvrage a été composé et mis en pages
par ÉTIANNE COMPOSITION
à Montrouge.

Cet ouvrage a été imprimé
en septembre 2011 par

FIRMIN-DIDOT

27650 Mesnil-sur-l'Estrée
N° d'édition : 51814/01
N° d'impression : 106876
Dépôt légal : octobre 2011

Imprimé en France